大海寂静

紫藤晴儿

—— 著

中国言实出版社

图书在版编目(CIP)数据

大海寂静 / 紫藤晴儿著 . -- 北京 : 中国言实出版
社，2025.2. -- ISBN 978-7-5171-5062-6

Ⅰ . I227

中国国家版本馆 CIP 数据核字第 20254XP702 号

大海寂静

责任编辑：王君宁
责任校对：王建玲

出版发行：中国言实出版社
　　　　地　　址：北京市朝阳区北苑路180号加利大厦5号楼105室
　　　　邮　　编：100101
　　　　编辑部：北京市海淀区花园北路35号院9号楼302室
　　　　邮　　编：100083
　　　　电　　话：010-64924853（总编室）　　010-64924716（发行部）
　　　　网　　址：www.zgyscbs.cn　　电子邮箱：zgyscbs@263.net

经　　销：新华书店
印　　刷：徐州绪权印刷有限公司
版　　次：2025年2月第1版　　2025年2月第1次印刷
规　　格：710毫米×1000毫米　1/32　8印张
字　　数：150千字

定　　价：48.00元
书　　号：ISBN 978-7-5171-5062-6

目录

第一辑
一切的存在都如永恒之物

第二辑

一条鱼的爱没有终极

第三辑
沧海桑田只有爱可以留下来

第四辑

叶子缭绕着光，人间柔软

大
海
寂
静

第六辑

时间的深渊在一切的热爱之中

一切的存在
都如永恒之物

佛手瓜

藤蔓上的山水在变幻中
你不知道它们什么时候结下了新的果实
不可否认的庞大是秋天的统一体
在罗列向我们。加深的思想可以称谓它们的
意义
当滋长成为草木的谦卑
空乏的事物可以被其推远
我们回到草木的伦理
草木的学说
藤蔓爬向高处或是低处都在生命中
图腾
璀璨于自身的是一个朴素之词
慈悲的荚果也是回到日月之心
明亮于自我的往往都是所有的
心安理得
世事的荒诞不经我们可以避让
一架佛手瓜的真知可以补给我们一生

草坪帖

绿色的铺展一棵草的天涯我们爱

欲望止步在草叶上

天空也低了下来

好像我们也在放牧着马群越过万物的寂静

去丈量内心

有多少辽阔就有多大的远方

草深扎在泥土

我们的灵魂匍匐在草叶上

我们看不到时间的尘埃

爱止于那些绿意

拥有的都像不朽

时间的风暴只是雨水的矩阵

即便我们收回马匹

还有那些奔腾的蹄印回响辽远

心灵的驿站在这里驻留

是的啊

一切的存在都如永恒之物

时间洞察了心境

如果雨下的再大一些

我们也有被淋湿的思想

最后的木瓜

落幕和退场都是它动用的言辞
空过的枝头只有风声
爱意或敌意是我们对于事物的判断
世间的缘由在不同的因果中
有了来去，消失和再现在枝头上
与我们擦肩
一棵树的命题更多的是慈悲
关乎于世界的或许只是微小的部分
但它在摇动着我们的心
一个木瓜在坠落
另一个木瓜也在坠落
抵达和成熟在达成和解
我们也会有孤注一掷的爱
沙粒中燃烧着火
我们感知到的是太阳的温度
光的缭绕向万物的中心
世间没有困境
一只木瓜宣告着秋天的意义
永不会终结

最后的种子

种子解答果核里的宇宙
时间从来不会是伪命题
你看到海棠树下一片种子，存在的事物都在
解读昨天
落日辉煌，世界在万物的蜕变间有了生息
一群鸟飞过我们的孤独，一棵树在我们的
孤旅中站立
种子包裹了光的枝叶，黑夜取舍了白昼
我们知道种子的力量
无妨于果实的腐烂，也无妨于一群鸟的
啄食
世间的法则都在瓜熟蒂落
欲望和期望也在秋天等同
顿悟于人间的也是一片种子
风暴般的站立
我们知道不可抵挡的是预言
它们也会是树的部分
我们预知着秋天的所有结局
抑或一种圆满和一种思想的成立

鸽子没有飞来

如果它还没有飞回来，空中消失的翅膀
一定是它又飞在别处
怅然若失的也会是我们在等待中建立的疑问
没有答案的时候心也空了
像它也带着我们迷失在他乡还是在盲目中远行
又觉得无处可去
它的踪影萦绕于心
也像寥廓的天空由它扩展
打开的视野都在它的翅膀上
还有回响着的"咕咕"声
就像是那些鸣叫绕过苍穹又返了回来
深处的触碰一定是灵魂
你在散步也在等待它再返回来
缭绕在头顶像一个六翼天使
云端下的天空都是它们的世界
而你与它的距离只是那些气流
又好像没有距离
灵魂的高处你也在它的身体上驰骋
俯视于大地的此起彼伏
它一定还会飞回来和你站在同一个尺度
向着万物叙旧

大海寂静

似乎消弭了风暴存在的一切可能
只是细微的水波在将命运扩展
听不到巨大的水声
也看不到它内部的纠葛，水只是它的形式
大海的镜面反照着现实，我的欲望也在它的寂静中
缩小
成为蓝色的虚无
现实带着硬质的棱角，大海隐藏了生活
在水中成像。站在海边，我省略了语言
不去表达什么
没有目的地张望也像是在张望我自己
海水又会将我从低处浮起来
仿佛造化了我的另一面
在现实和虚无之间
我倾听着海水的彻骨
风穿过了脊背，那些凉意也留在了身体之中
我的身体装下的也是虚无
没边界地投注
潮水再次向我涌来
大海和我在平行中接近那些寂静
或者许多首诗由它呈现给了我，没有尽头

黑翅长脚鹬

它们飞来又飞走了
箭矢般地飞行
平衡着世间的美
尖锐的喙仿佛不会错判一个谎言
也不会错位一次的交锋
它不开口时
已预言了所有的未来
穿透的阴影反哺着一场光明
我将内心敞开
让它们也飞进来
哪怕飞走
它们再次飞向遥远的国度
天空的立体地球的旋转
它们到达的彼岸
我都会等它们再飞回来
湿地的抒情需要用尽一生
是它也是我们
反扑于一片泥泞
是我们又高过了所有的沉重之物
有了高跷的灵魂
它们飞来又飞走了

一切的存在都如永恒之物

时空的衔接
它们也会替我们
越过陡峭和奇异

九月

坚果固化了它的更多隐秘性，秋天将成熟的事物
——呈现
探秘着远方，我往往凭靠直觉
风穿插着九月的箴言
你再次返回那些遥远，礼教抨击着枝叶
金色的真理需要贴着春天去验证
从纹路中诞生的是虚无也是时间的河流
双手捧起的盛大
可以用一片叶子概括那里的所有，语言
也在重复着先知先觉

遥远的枝头我凭借着感官在靠近
浆果暴涨的蜜汁钩沉了一个他乡的质地
古老的星相燃烧着祭坛下的灯影
我把一切的玄秘都当成一些未解之谜
秋天的远方我以爱包裹所有的成立
你再次去过的门庭是穿过了古今
将一些沉睡的语境复活

在熟稔和陌生之间，九月之门也在复读古老的
法则。捕获我们的是秋天
也是春天。种子埋伏着火焰
去仁爱所有的到来，也是去偿还所有的诞生

海鸥鸣叫

被那些鸣叫拉近的身心，灵魂随之变轻
长出羽毛
海水的建构必须有灵性的光
我试图用小小的体魄装下海水的泛滥
和海鸥的火焰之声
贴着海水去自语，也尖细地去歌唱
吞噬生活的一些粗糙的棱角
或者嗷嗷待哺在那些失意间大哭一场
它的声音淹没了所有的发声
海鸥鸣叫，起伏着大海的深层苍穹
我看不清的世间事物太多
也被它一掠而过
而我还是那么愿意站到海边去听
不确定有多少只海鸥在叫
拉长的声线有时也像光
围拢着我，浩瀚之间
我也忘记我是谁
我拥有的事物好像只是这些
声音
在罗列，在叠加，在冲击

土地

翻耕着古老的时间，一块耕田你正在深深挖掘
我想起希尼的父亲，他和你一样用铁锹
种下土豆或者红薯，大地的叙事你们都习惯
运用那些沉默说话
我能臆想到土豆开花，铃铛花点缀着你的心
还有希尼的父亲他种下的红薯藤蔓爬过
遥远的时空
但我知道土地和土地是连在一起的
你和他的父亲都在抬头和低头间
被那些微小的事物点燃，比如你去拔草
草叶柔软了你的心
比如你去将溪流引向低处，流水契合了
天空的明暗，你的心装下了天空
土地复活了时间，过去的也是现在
现在的也是过去
你和希尼的父亲用铁锹连接了大地上的声响
是铁锹和泥土的摩擦
是光阴和光阴的碰撞
是种子越出泥土的爆裂
也抵达在我拇指笔上和掌心下的纸页
我写下土地的富饶和色彩
以及从幽暗中延伸出来的光

站在入海口

低处的天空过往着飞鸟的影子

海水从远处来

又送向远处，远近之间好像容纳了我的孤独

站在入海口，被时间的波纹触动一些感觉

像盐粒杀戮着伤口，有了丝丝的痛感

父亲好像从海边的风口中消失了

他曾说大海可以将他埋葬，浪头像一个悲伤

涌来

我去疼惜着我自己

两只胳膊抱紧身体

只是海水又会冲击而来，在海面循环它的力量

孱弱的舌头我不想去说话，也不想喊出父亲

两个字

海水的咸涩不会比我的泪水更深

我用眼泪和海水平衡

薄弱的抒情会被水声淹没

我只是这样静静地看着

海水击退了黄昏

天色暗下来，我的孤独又在海天之间

放大或缩小着

春天不可辜负

泥土翻新着犁痕，也会像波浪涌来
旧的事物埋伏了多少年已经无从计算
父亲说过泥土之中有腐烂的叶子
我一再相信
那些过去的生息，从没有消失过
父亲是一个从不知道歇息下来的人
他本应站在春天重新拿起农具
他知道春天不可辜负
燕子折返而来
冰水溶解了寒意
他栽种的苹果树又需要重新修剪
枝条，他也会被春风淘洗，想起年轻时的
遥远或近在咫尺
父亲需要做的事很多，还要让一条溪水流向
田埂
他眼睛里的清澈也像一个春天的重新
诞生
他的内心还有一片旷野也在复苏
只是他现在已经睡在了春天的深处
只剩下那些农具带着生锈的体温
被时间深究
只是我还会恍惚他正在某一处劳作
在春天的大地上不停地走动

种子入门

秋天的耕作还要重新回到历史的缺口

翻耕一些旧时辰

马车经历的车辙也在被光阴淡泊

你再次撒下一些种子，诞生的新事物

又将覆盖旧事物，肋骨下埋伏着太阳的

滚烫，热爱向着生活在建立着

光的秩序，颠簸人心的荒凉

丛集着时间史诗

风声碎裂了秋天的火焰，种子割裂了大地的词根

随之而来的馈赠

一片菜畦将时间拥挤

判别着虚实，你也可以从一层风霜中

找到绿色的地垄，光的筹集在一片叶子上

参差于秋天的也在平衡于冬天

你也会动用一些悲悯之心

倾听消失的蝉音

挖掘着夏日的洪流

隐秘的声带变异为另一种可能

循环往复在泥土的肥沃中

种子放大的疆场，枯萎的碎片

一定是我们愿意遗弃的

章节

杏树简史

秋天的归集从一片叶子到另一片叶子
密集着光的法则
剖析在我们的直觉中
花苞刻骨于更深的血液间
也像流水的河流被爱阻隔
向着内部延伸春天
你看到的叶子顺从着秋天的所有声音
时间的空洞只是徒劳在它们的
绿光中剥离着最后的
经卷。越过一场大风的命名
我们也像回到了孤独
空空的枝头翘首着的究竟是什么
爱恨被秋风洗礼，被冬天锻打
意志里的山河被大雪呈现
春天遥远于一场大雪
又接近于一场大雪
故园和历史一同睡去，只有我们以无限的爱
醒着
醒在枝头
也醒在杏树的骨髓间，以爱宣读着
永恒的事物

花椒树简史

风吹不动的果实成为冬天的残留

荆棘刺破的黄昏

在我们的履历里延续着黑夜或白昼

谁栽下了它，花椒树的年轮被历史

越过

沧桑的命运只会让它更完整

伸长的枝条上延伸的叶子

像一种空无又像一种存在

在我们的转身间向着秋风退落

围捕于它们的经验

是我们更为热爱那些生长

和被时间抚慰过的细微

颤抖在一些震撼间

又小心翼翼地面对那些生活的陡峭

你去摘下多少颗花椒，可以麻痹我们的舌头

学会隐忍

血液的抵抗只会是热爱更多

祖父走过的荒原我们要重新走过

霜雪压过的枝头

我们从不会对生活认输

流苏简史

不变的色彩成为光的部分
花朵隐喻了雪
我们的命运也在一世干净
你拍下的时间在春天也在秋天
延续着的空间我们都在虚度着它的
完整
当你回忆着夏日，高涨的声调是一只蝉划过
我们的孤独，又被那些叶子弥合
层叠的叶子似乎从不会消失
根深叶茂的时间
我们也从不会错失，赞叹也像秋天的火种
从内心燃烧，如果一场大雪会掠过我们所有的
衔接，从它到我们的思想
冷的尺度也在炮制它的意志
让我们知道冬天的开始
刀子切割的风口，它只有最后的枝干
当我们沿着秋天行走
它给我们指向
一场冬天的训诫保持在最初的热烈间
是雪，是花朵
是那些还没有长出叶子的
高贵
去抵达着时间的葱茏

秋天的竹林

绿色的葱茏将时间泛起
秋天吹过的声响都将绿色滋生
叶子抽动的光
我们没有理由不将深藏的暗影推远
只为那些葳蕤驻留，反衬于它们的一场寒霜
和另一场寒霜都像是一种进入秋天的方式
而它们不需要抵抗
只是在保持自身的绿意
徒劳的风霜只是一场空空的对白
你看到的绿在生命中扩写思想
绿色的竹林呼吸在纸上
一片稿子延伸着一片竹林
随之而来的还有茫茫大雪
雪落在竹林也落在世界的每一处
割裂的风趋向更深处的冷
黯然的事物都在褪色
只有它还是不会更改什么
从一片竹林得到的教义
是一首诗的光芒永存
还有我们不再为世事退缩的心

秋天的雨或寒凉

穿插着所有的意义
一场雨可以由大到小
由朦胧到清晰，雨的猎获用一场寒凉来应对
人世
人心的包裹需要什么样的暖
秋天的色彩在枝叶上找到终极
棉花蓬松了骨朵，白到一场雪中
我们走在冷风和冷雨之间
战栗的可以是身体，也可以是灵魂
应对着秋天的变幻
更多消隐的热浪需要在思想中保留
譬如枫叶燃烧的红
火焰的真身在我们的感官之中
起伏和绵延的也从我们的内心掀动
一场场的焰火
风吹着叶子是一场火的纬度
雨的搜刮正向着火的不熄
雨落在一些错失间，冷峻的事物无法还原
进入更深的省悟
对于这个秋天
我们不会更改的热爱也会在一场雨中
写下立场和永恒的立场

秋天的伤口

锯齿隐秘在更深处，也像风的刀刃
卷起身体的寂静
用一些利器划伤，疼延续在黑夜中
阴影擦试着绝望，只有更绝望
黑夜的围裹一个人也会退缩在一场风暴的
突兀中
无路可退的翅膀将天空沦陷为夜的悲哀
舌头失去意义
无用的抵抗在攀越着火的刀尖
瓦解的台词粘满了真理的失败
反哺着饥渴都如命运的错位
不可更改地也在固化它的裂痕
悲歌如落叶在飞，唱词保留着诗的色彩
如果一定要重新站在那些阴影之间
我还是无法辜负自我的初衷，滚烫的火焰在风中
燃烧，惨败可以再次成为秋天的纪念
或者灰暗的惯用
但诗已越过所有的障碍
通向一场冬天的雪光
落叶和拂晓都在引用着它的胜利

六只喜鹊

细数它们的每一只都在与自我相认
好像它们从你的身体中飞出
抽离在一个无声的漩涡间
血液中也有它们灵动的羽毛
灵性的追问它们也在背负着你的思想
可以越过山野的顶峰抵达了高远
那些是你从未去过的地方，山体的陡峭
翅膀在平衡着万物，山林在荫翳中燃烧
人世中的无限激荡都在越过胸口
你看到它们在飞，缓慢于时间的似乎让一切世事
也在慢下来
喜鹊在飞，世间在交换着得失
对于命运的抗争可以用更轻的翅膀
来对应沉重，许多只翅膀在无形中构成
它们在飞，上升的翅膀在高于一切
也像一场虚无擦拭着疼痛
默无声息
热爱总是如风暴在时时降临
许多只喜鹊构陷了一场场爱的理由
人间万物都带着磁性，我们将遗忘于自身的奔波
和疾苦

紫薇帖

抖动着最轻的夏风，事物擦去了荒诞

而色彩总是可以深入到意义之中

你看到的粉色或是紫色都在将生活点缀

天空没有灰烬永远是燃烧的火焰

苍白似乎从没有到来过

花香和世事都如此的可靠

定义那些花朵的边界，我们又在交换着内心

贴近在自然的花冠上不甘示弱

风吹着枝头，时间遗忘了沧桑

我们忘记自身

行走的有时不是脚步，而是思想脱缰在

一片旷野中。花朵纵然于热烈的光

可以撕裂世事塌陷的部分

花朵总是在构建完美

从你我的瞳孔中凝视，也从花朵的柔软中感官

得到答案

太阳周旋着光芒介入万物的中心

时间的公正也在预判所有的光明

紫薇用花朵召回所有的幸福存在

和人间希望

麻栎

锯齿切割着光阴，一座山的玄妙也在此
我们走向了时间的深处
无法判定的一定属于远方
花朵的序列在坚果的叙事中
而饱满永远是事物的核心
从一棵树窥视生活，陡峭的路也在枝叶中
有了生存之道
树皮默察着自我的锋利
粗狂于时间的可以毫无遮蔽
山水的神宇总趋向于自由和自身
草木的陈词永恒的朴实
时间的修辞是它的永续生长
一株麻栎和别处的没有不同
当一个人在山水中找到故乡
夏风也会像刀尖刺痛心灵
无法安抚
爱的归属往往具有暗藏的痛点
我会想起死去多年的父亲在割一株麻栎
他在收割它的秋天
也在等待它的春天

白刺花

嗅觉被打开时，时间中不会存有忧伤
草木的气息也如火焰
带着光燃烧。顿悟于人世的往往都来自
经验，而生活都在取长补短
甘冽的酒水回到泉水的明净
时间总是一清二白。它的枝叶指向了辛辣
惊醒于我们的思想，在发问
也在思考
拥有和缺失的是什么
感官中的叶子如一片森林
潮湿的火也像酒水的进入

滚烫于时间的一定要点燃着时间
时间的火种可以是它还未成熟的果实
爆裂着光打开了无数的光
自然总是野性地生长
我们也不拘束世事和命运
承接着一切的知觉，时间涌动着河流
而爱始终是唯一的命题
在向着万物迎接
如它，也如我们

紫荆花

马蹄踏过光阴也在每一片叶子上
尘世带着光辗转
山水的埋伏一定隐藏着更多的爱
被依附也被依恋。不可挖掘的语言
都在重述。花朵在火焰中打开
世界一片瑰丽
山水的清音在枝叶中氤氲，我们敞开的
心扉装下时间的整体，而世间所有的
美意也在迎风而来
探测向更深的时间，是我们回到古意之中
与山水对坐
也与时间并行，向前的遥远穿过茫茫
的枝叶，错落有致的秩序也在归于
草木的轮回
太阳滚落的时辰在消失中折返
拴马桩上松开的缰绳都在寻找
时间
我们以爱为由，在时间的节点中
命名
并有了草木之心

白檀

草木的学说一定要回到自然的本身

风吹来的时间在谦卑中抚慰人世

花朵归于寂静

人间恍惚的只有爱。颠簸向那些枝繁叶茂

丛生的茎将光阴拉深

时间也是时间的侧身

辗转于一场雪和一片月光没有区别

只有花朵区分着时间

小巧在玲珑间，红色如太阳的深究

光的雀跃一定是深入人心

我们从不用破解那些浓烈

燃点在慈悲中，山水的辽远装下博大的爱

你也会将植物藏于肝胆

大地的海洋浮动着波浪

草木在爱中震颤

丰饶向时间的无非就是这些，一株白檀

也在等同着万物的柔软

轻易地收下了孤苦

我告诉你一座山的道教

也如一片叶子或一朵花开启

北美觅

时间的因果都在开花结果
生根发芽。热爱让一切免于惊疑
叶子隐秘着悠远的古意
一座山的枝蔓它是其中的一部分
事物都在茁壮中
大地的暗影匍匐于大地
柔软对称着柔软
我们也会将孤独暗藏，向着山水走近
向着一棵树袒露，也如风声穿过
身体，我们找到爱的灵魂
依附于此，也安然于此
如每一片叶子，恣意于自然
思想的棱角都有同样的形式
割据着日月的光芒
从哪里抵达便是从哪里拥有
一座山的道教涵盖着时间万物
叠加的情绪都是因为爱，慈悲从血肉中长出
也在风声中洗礼
我要说出的恩典是时间中的所有

野葡萄

藤蔓爬向了孤独，时间在野性地生长
古老的纠葛都在果实之中
我们不急于它的成熟，夏日缓慢
沉寂的山水在潮湿中燃烧
光阴的缠结也是一座山的深渊
太阳抵达着光影，完整和破碎都是
一片叶子和另一片叶子
时间的灰烬归于大地的根系
手掌中脱逃的命运有了新的命运
葡萄藤伸向的时空都是一座山的
神秘
道教的钟声越过千年
时间的回响总是带着秘籍
大地荫翳着火焰和激情
免于判断时间的造物什么是新的
什么是旧的
绿色的指引将世事覆盖
大地的暗示等同于太阳的光
一座山的隐秘也被一片叶子
笼罩在初始

榆树

古老的对语也是一棵树的葱茏
时间在它的周身飘落又生长
每一片叶子都藏着风声
虚无于人间的在走远，也在重现
枝条直至万物
一棵树的慈悲幽香于花朵
叠印的铜钱发着微光，时间抨击在人间的
软肋上
爱是从不会缺失的教义，抖动向时间
深处，谁在证实那些拥有
从一座山的密集中找到历史
事物都站在立场中
叶子摇动着也如《道德经》
世间的法则都在光阴中陈述
去鉴别所有的柔软，也从往事中
寻找影子
时空宽恕了一切
一棵树支撑着一个天空，一个世界
我们都在它的内部，也走向一座山的
迷宫

睡莲

浮动的光影在尘世中无声
一朵花放大着太阳的热烈
寂静在光阴中
我们似乎无法预判是站在某一个朝代、时刻
世间的它们无不如此，轻举的叶子在流水的
擦拭中一成不变
时间的镜像在爱中折返，我们也像一位古人
赏识于它们的美，又在赏识于自身
明洁一定可以洗礼身心
睡莲深入时间之水
掩盖的幽深都有它的谜底
也像天空进入它的内部
我们不必去探测
雕花的石槽暗藏着火焰
世事都带着它的属性不可忽略
我们站在花朵的外沿
任时间行走，任花朵盛开
运河也像在它们的叶脉上流动
它轻托着人世
也托举着我们的心，为一个命定的
远方走向更远

看到一只白蝴蝶

那些轻似乎只是它的形状

我在它白色的安静中

察觉风暴

树叶的影子与它如此接近

我是站在树下遇到它

轻曼的舞动

夏日的盛典

像一个重要的仪式

它在正午飞

从我身边飞走的时刻

我有窒息的幸福

热浪无关于它

世事也无关于高踞

它什么时候飞走了，飞向了哪

时间被它擦写得无声无息

它还会在我的意念中折返回来吗

白色的翅翼闪电的火光

又空无一物

我突然想流泪

好像它挖掘着我的软肋

又赐予我一些虚无

百合花

它们尚未盛开，像一切不知晓的事物带着神秘的色彩
我买来一束百合花
把它们放入一个大花瓶，流水静止
它们安静得没有一点风吹草动
仿佛花朵和叶子也是静止的
催开花朵的力量好像是风
它们是如何无声间打开那些花瓣的呢
白色的花瓣掀动花香的热浪
它给我的少女之心也会像一枚月亮
感官对世界变得朦胧起来，我本身也在朦胧之中
当花香一次次呼吸于肺部和灵魂
我的爱也会像流云有了形状
我要对着远方呼喊
像一只孔雀的叫喊
我不去抵御自身的歌唱
当所有的花朵风暴式地打开自己
又从未发觉它们是如何盛开的
时间会像一种空无
在花朵上流动
我的爱在花朵之外送远
不计时间

西红柿

落地的种子都在生根
你看到一株野生的西红柿
时间的走动在一粒种子的内部
也在外部
太阳倾斜的光长成叶子和花朵，大地的骨架
在光中璀璨。我们不假思索的期待
都在靠近一枚太阳
时间的青绿也是时间的耀眼
光芒点缀的每一个果实都在映照着内心
我们沿着光靠岸。原野的盛宴
都给了我们
许多株西红柿点燃了一个夏日
我们摘下的滚烫
是一个爱的虚词。多么的好
满目的收获
颠覆了我们更多的爱。我们走向了万物的
因果
和万物的慈悲之中

落叶在风中

一片片树叶好像与一棵树已经毫无瓜葛了
它们吹向哪都如时间的轻
我看到大地上一片凌乱
秋天的冷意和荒凉都在一点点逼近我
我站在那里得到了短暂的痛感
痛可以让我想在秋风中呼喊父亲
我已忘记父亲许久
我生命里的痛也在被秋风惊醒
轻如落叶的人应该是我的父亲
我找不到他一点的踪影
在这个世上。梦中的他是我醒来之后的
恍惚
我知道找不到他。也不再找
遗忘隐藏着更多的悲伤
我也许久不再为他哭泣
我想起他也在迎来冬天
其实人间冷暖早已与他无关了
悲凉是我站在秋风中瑟瑟发抖
落叶在飞，我的无依无靠退向了
一棵树
退向了更深的孤苦

木瓜树

瓜熟落地，小小的果子也会呈现一个秋天
花朵和生长可以被我们忽略
春天的笔记是春天的花絮
过往都在通向收获。对于生活的理解
欢喜是任意的枝头
摘取的也可以不是果实，我们在那些间隙中的
停留
是思想落在了理想之地
我们毫不怀疑一棵木瓜树的丰厚
枝叶间的宽阔，有风声
也有一只鸟的栖落
当美意从不同的角度审视
我们回归向自然的全部
一棵树的周身都如阳光普照
影子归入寂静
我们和万物的和声都是诗
语言布翼的翅膀，我们找到了灵魂

玉米帖

大地耕作了无限次，收获无限次
朴素的事物也是伟大的事物
反复审视的生活是抱紧了生活
种植和耕作都在靠近一种理想
自给自足或是自我满足
叙事的本身是现实的进展，一株玉米的发芽
或长高
抽穗或结果
大地的镜像一片葱茏，叶子拉长一条虚无的
河流
对于美的审视我们可以不急于寻找秋天
缓慢的夏日也有缓慢的人世
纸上的黄昏落有诗行
植物柔韧向生命之中
对于万物的理解我们都走向精神
挺拔的秸秆如树的形式
森林如海，风声如歌
一张稿纸始终与大地平铺

山楂帖

夏风吹袭，吹向我们的都如记忆
你看到的山楂树和故乡的一样青涩
时间中缓慢的变幻都在走向秋天
太阳的光照痴狂于它的生长
酸甜包含着一种伟大，对于自然的神秘
我们不求甚解，但一定迷恋其中
一棵树围拢向内心，花朵的真理我们懂得草木的不同
和相同之外
果实饱含了所有的成功之处
我们通向时间的秘境，每一根枝条都如向上的
道路
抽象的脚步我们也探索于某种精神
花开的春天雪回到思想
我们抱着初心行走在大地上
对于空间的转换，一棵山楂树直抵故乡
而他乡和一棵树的天空
我们找到同一个我们，和不同的我们

塔松

从绿意中提取的经验
永远是绿意。季节中挫败的过往
都被一棵树留存。时间之躯是一棵树的主干
你看到它的完整
俨然于一座塔的挺拔。我们成败不会退让
也是生活的态度。松针上布翼着光
抽象的针尖直指事物的尖锐
大海洗礼于自身的潮涌，我们迎刃而解着世事
柔韧来自更多的枝节，骨头关联着
情怀
疾步于人间，从一棵塔松到另一棵塔松
受用于自然的抚慰
草木的天空，一棵塔松成为精神的支撑
我们退后向它的高处和低处
都在捕获一片绿洲
大海的微澜是每一片叶子，现实抽空了
所有的贫乏
一棵树的意义永无退场

一条鱼的爱
没有终极

大海的清唱

姐姐，海水的宇宙你习惯聆听所有的古老和未知
跌宕的人世你越过的苍茫都像海鸥越过波浪的刀锋
所有的慈悲都会让你铤而走险
良善的翅膀你用爱翱翔
我喜欢看到你飞在高处
你战栗的欢歌我愿意在低处倾听
去抵达所有的可能，姐姐方向里的预言我更爱你
姐姐，缪斯的隐喻你都懂
只是你已再不为自己标识
用一些象征把日晷下的一些影子割裂为
一只海鸥和另一只海鸥
时间的空旷你也用那些模糊去与世界触碰
姐姐，看不清的棱角都是爱的纬度
姐姐，你滚烫着泪腺的大海
盐粒回归在伤口，姐姐我愿意替你疼着
割裂着那些褪去的黄昏再和你一起返回黎明
姐姐，海水的旷世我们一起爱

柔软的宇宙

姐姐，猫的瞳孔你在那里行走

孤独地穿梭一只猫也是十二只猫

十二只猫也是一只猫

爱阐释着柔软，你从不会提防世界

沙粒回到了螺壳，你也把悲伤伸向血肉

快乐和不快乐都像猫的嘶鸣

姐姐，只是我让你快乐，猫的宇宙

它们的眼睛里也有星辰

黑夜被打通的神秘

孤独也是美的

神圣的时间你可以在那些孤傲里不与世界说话

听一只猫和另一只猫穿过大地和森林

和那些遥远的回响

姐姐，每一只猫都是圣灵

跳跃的舞步它们也穿过你的过往

去撕裂也去弥合你所有的不甘

姐姐，请跟着它们走向更远，瞳孔燃烧的宇宙

只有你才可以在那些神赐中

以爱歌唱

和那些猫一起抱紧万物的馈赠

牡丹花开

如果非要在牡丹花开时再相见我一定会觉得很慢

很慢了，姐姐

本来就是迟到了很久的相识

或许前生我们便是姐妹

不知道一朵花会成为我们共同的屋檐

也不知道命运似乎把我们复制了一番

姐姐，你是那么的美，我说你也是牡丹

我们都爱虚无的生活

我一定会站在你的之外，像你的叶子

或者打探你的微风或海风

姐姐，那么不一定非要等到花开

不一定非要让事物老去

我要去，你要来

我们一同把永夜当成一个钟点，想说的话太多了

我们把面具也都摘下来

轻松得像花草在人间呼吸

在人间灿烂地忘记了一切的重量

给你

妹妹，小雏菊的天空我和你一起住进来
轻嗅着尘世的暧昧
和人间之苦
民国的子夜我也和你一起守着孤独
他乡之外大海的孤岛是你
也是我
海水退回的低处都有我们的信仰和爱
妹妹，我要让你再次去寻回灯塔上的光
你在远处，也可以照亮你
还有那些从不离开海水的海鸥，你要借用它们的
翅膀一直飞
阿勒泰的雪下过一场又一场
我是不想让你回去的
只是那里的冰峰上也有雪莲花，像极了你
我也爱
妹妹，透亮的一朵浪花可以是你
也可以是我，我们通用着大海的底片
无尽于爱的奔走

影子

影子扩大的庙宇我们都住了进去

建构着虚无

也解构着现实之爱

时间的回响在民国为我们在秋天立传

数不清一起走了多少路

只是你一定要回到南方之南

遥远的天涯只有海水的潮涌可以在远处打通

我和你都归属于大海的另一部分

亲爱的，你的鲸鱼已住进我的大海

秘境之中它有了神圣之躯

我把它当成我爱的小兽

撞击着风暴趋同于诗的世界

南方之南我还没有去过

我想有了你那里的一切

也形同归集于我

影子之中粘连着我们的爱意和信仰

只是我还要告诉你：三角梅怒放的爱语

你不要一再地羞涩

我等你取走所有的幸福

棕榈树的丛林上升或下沉着太阳神的滚烫

你也要替我占据着

用一张稿纸的无限留白

你爱的事物都是对的

亲爱的，你爱的事物都是对的
湘江的奔涌无为是对的
鲁院的秋天没剩下一片落叶是对的
我们抱头痛哭的无助是对的
大雪只下了一场我们又在等雪是对的
虚无于民国的昼夜都是对的
你从湘江来到北平流水般的遥远也是对的
亲爱的，香樟树摇曳着风声
我愿意和你一起被它席卷
博弈和对峙都属于美的范畴
只是你有胜于我的美
抽身之间我有想你的空空
亲爱的，你没有见过海，大海的伦理也像爱的
海纳百川
河流抚平的伤都可以忘记
也可以铭记
只是波浪式的悬崖你一定会爱上那些冒险的
亲爱的，如果你心生向往的还是远方的大海
海鸥低飞的尘世
那你就去。彼岸一定没有徒劳的爱

海鸥

它们在远处鸣叫
穿过身体的逼仄，你也是它们的一部分
似乎我们那么想叫喊着
为着某种欢喜，甚至没有目的地叫喊着
它们的鸣叫穿过时间的古老
太阳升起在它们的抚慰之中
世界能够被发觉的似乎都与爱有关

海水和羽毛挣脱了时间的缰绳
它们初始于一种完美
超脱了万物的繁复，只有光和光的返照
海鸥回归于海的飞翔，也像人心
回到了低处的道场，在无边修行

一千只海鸥翅膀点燃着海水，在渤海湾
海水肆虐着尘世，沙粒默察在哲学的庙宇
我站在海边被所有的声响吞噬，找不到世界的方向
也不需要寻找
只愿倾覆着灵魂无限扩张

水母

浮动的白游离着一个自由的魂魄
起伏在自身的此岸与彼岸
大海的生态沉船和鱼骨都保持着时间的
原始，几千年轮回的光阴还是水母的白
以及海水的湛蓝，大海的万物都像消失的影子
从遥远中折返

水母游过内心的岛屿，没有人是一座孤岛
大海繁衍生息为了爱也为了生存
镜子的中心，礁石盘桓着历史
水母游过沧桑，一如光回到了世界
你会激动于它的白和那些无法收起的旁白
无限于光的都像爱的终极

一再浮出于水面，一再安抚于人间
水母蛰痛的肌肤红肿着人间冷暖
好像爱的伦理多了一份原罪
人心回击着慈悲
生命之中的物种一只水母也是一片水母
爱变异着爱，大海纠葛着世界的底部

礁石

古老的沉默，惊醒着世间的什么呢
不会更改的旧址，大海在它的内部攀岩
熄灭的烟火成为时间的尽头
探勘于大海的潮汐或许永远都是一个先驱者
撕裂的风声击鼓于它的也像历史召回的册页
永远盘桓在古老的语境之间
生存的根系也可以从它们的外部获得根基

吸附着微小或放大的物种成为所有的可能
寄居于它的天空
也像命运的可靠毗连，许多只无数只海螺密集着
大海的密码
风的旋涡也在它们的身体之内，暗藏着光线
寄托于它们的可能也会是你的柔软之心

礁石陈述着大海的哲学
它仿佛又在庇护着深究着历史的
纹路和风物言辞

海螺

盘旋而来的是风声，也是色彩扩张的迷宫
伸入内部的事物都有了灵魂的彼岸
顺从于风向，一只海螺也将幻象送远
坚硬的外壳固化了爱的最大可能
你没有理由不被魅惑，与它之间的出口是你的
再次探勘
和久远的软肋一同被打开

你也像蜷缩一个自我，迷离在自我的中心
海风对唱的悲欢
你从来不拒抗现实，但又从来不缺失
慈悲，内部的凝集你也在追问所有的真实性
像爱的获取

大海的天际可以随意地流浪，放牧在自由的
壳中，进入万物的镜像
谦卑于海水的复述，时间的宽慰
历史似乎没有褶皱，只有互通的记忆
和爱的灵魂

海滩

细数着光，滚烫在时间的整体
时间没有沧桑
水流溢在深处
潜伏的记忆分裂在光线的刺目间
大海的庙宇似乎可以只用一粒沙子去缩小视线或欲望
罗列、叠加、混合它总是一尘不染于光阴
遗落着时间的完整性

塑型于万物，一把哲理的刀子
它们也可以成为芸芸众生
雕刻和异化
在现实的吹袭间注入某种意义
生态的典籍它们也成为不可缺少的一粒
无尽于生命的温度，它们内部都有一枚庞大的太阳
似乎世界也少于一粒沙子

海草

翻卷着柔软，绿或翠绿破译着时间
光阴通过它的自身留存着气息
大自然的法则也像众生的爱
缠绕一块礁石的真理
海草不需要繁复的造化
它以柔软趋同在美的事物之上

柔顺着世界的复杂，人心打通了一些轻慢
栖居在海水的镜像
海草笼罩着缺失的天空，回到了爱的膜拜
好像也是跟着它去膜拜了另一个自己
海草命名的底盘也像隐忍收放着时间的尺度

时间的褶皱仿佛它都可以铺平，火焰构筑的诗史
也是它的一部分
苍茫间重合的答案，又是那么的自然而然
截获你一再倾覆向海水的魂魄
也像呼吸从那些柔软开始

鱼群

游离于自我，一只或更多只
虚无于一种摇摆，它们轻过世间的任何一种欲望
大海的造物它们又好像是自己的神灵
繁衍于爱，也布施于爱

鱼群无声，寂静燃烧着鳞片
你爱那些微光，从一条鱼寻回
天空的尺度，爱的信仰低于天空
又是天空的另一部分

大海的朝圣你返回鱼的星座
越过空洞的时间，流放在海水的尽头
鱼的反哺似乎寻到了一万条河流的清澈
以及尘世的寂静和安宁
和事物的一尘不染
铜钟敲响时间的辽阔
一条鱼的爱没有终极

任意为它们的一只
或一群，我们相对于灵魂的形式
有了最好的建构
暗示于爱的，更像是被它们引领

渔船

漂浮或划向遥远，大海立体着时空
你有无法靠近的热爱
渔船浮起的码头，也像隔世的布景
时间之中，什么是真实的呢
大海总是以虚无之美朦胧着世人

爱总是无法超脱，它们像一个符号
立体了大海的
轮廓，时间的重物，一只渔船沉浮着
它古老的船舶
时间的漏洞回归于大海的本身
它们也像驶向内心的港湾，大海壮阔
蓝色的缔造，波浪也像冒险
但爱没有法则可言

一只渔船，一片渔船，黄昏下潜在
它们的秩序间
辉煌刻写的静谧，万物静默如谜
海水不停地兑换时辰，以爱的本源馈赠众生

灯塔

玄秘的光，也像星星的祭坛
扩张着神秘的手语
方向之间的无处不在的召集

大海的巨浪仿佛剥离着水的燃烧
毁灭和诞生
虚实之间我在接纳水声和灯火

世间似乎没有秘密，埋藏更深的软肋
它也能察觉
光的拂拭正抓住一些孤独
内心点燃的寂寥也像孤独的歌唱
灯塔围拢着群山，海水像最远处的黑夜

漆黑之间，它表述了大海的意义
每一缕光线沉长在历史的图谱
大海的每一个瞬息都像它探究过的哲学之光

腾出一片空白用来被它照耀
迷恋于它的也像史诗
瓦解着思想僵持渊囿在滋生
而爱是一切的存在

海水

一粒盐的歌唱一如海水的清音
大海的风浪也会在仪式间有了海水的狂野
水声送远了世界的喧嚣
你能够听到的只有水声和你自己
走向了茫茫，又觉得无路可去

海水冲洗着时间的罪过，你面对海水一定可以
明净到血肉。思想干净得不需要遮羞布
大海的造物主让你的热泪在感恩
往复着归来的海水，也将往昔一同带来
好像这些都像古老的故园，被你一下子拥有

大海的圆弧包围着也像一种孤独
海水破译着它的孤独，有了孤独之美
你可以秉持在一切的忍受间
写孤独的诗或者被海水冲击到
没有语言的障碍，拉动着一根拴马桩
用海水的声响磨灭着梦境

远方与海水相接，又远于海水
嗅觉之间海水侵袭的记忆也会被海水潮解
海水的编译也像根究于爱的本源
没有穷尽于一切的形式

海风

有形或无形的感染都让你打开了自己

陈旧的过往被它吹袭

幻灭的事物只有爱和疼会越来越紧迫在它的追击中

大风让我交出热泪

海抵在了命运的孤岛

又让高潮掀起了语言的巨浪

大风起兮，海水透过千年的寓言，时间的神话

也像是另一个自己

超验在海风的刀刃为爱埋下伏笔

也为恨抽象出棱角

似乎远离了拴马桩，但大海无法潮解绳索

海风将一个梦吹过天际

苍茫得只有鸟群，水声，风声都将送远

风继续吹，大海巡回于爱的故园

激情穿过肋骨

激荡于酒浆和太阳的热血

饱满的言辞也像海水的生生不息

从远方归来，又趋向于远方之外

海水梦幻了风声，语句的召回也像大海的生生息息

浪花

制造着无限的形式，一朵不会重复另一朵
大海冒险的试探
先锋着现代主义，逼近内心的雄壮
语言的伦理也在诞生每一朵都阐释为诗

更近的或是更远的道路，水的远方
远过内心，棕榈覆盖的天空
水花越过思想，或思想等于水花
时间以清白还原了海水
古老的贝壳在星辰之中闪烁
陌生和熟悉都是海水的声响
去冲击所有的光，有了更多的光

我在纸上倾听那些花朵的力量暗合着一些对答
我能交出的溃败一定是泪水
和那些花朵成为海水的统一体
去变异着语言，去试图接近它的所有完美
碎片中的光重组着一首诗的黎明之光

荷花辞

浩荡的光阴它寂静在自我之中
打开的花朵梳理向新的世界
露水翻滚着往昔，我们感念在所有的爱中
人间的美意总是可以用花朵象征
你看到的一池荷花氤氲向夏日
我们退让出更多的空白用于接纳
也用于安放它们
身体的小兽也会是一只蜻蜓起落在荷叶上
舞动在身体之外
每一片叶子轻浮着光也是光的本身
时间的根茎都在直达通透，空心的人也可以
空阔世俗之外，孤独为一朵花的
穹顶，偏执在那些洁白中
雨水垂落的时间
时间的陡峭
闪电和雷霆都可以遗忘或者摒弃
一片荷花回到了它的镇静
我们也安然于得失与一池湖水保持着
平行
花朵托起黄昏也托起黎明

无花果

花朵掩藏在内部，深处的甘甜
使我们相信时间的深渊
光的序列营造着影子，太阳附加了事物
的意义。你看到它的存在
不只是一棵树。时间的穹庐支撑着每一片
叶子，寰宇也在此
高处的天空似乎我们伸手可及
繁茂的枝叶也会掩盖内心
我们不说出悲喜
果实归入了秩序，我们学会了等待和隐忍
风吹的枝叶也在我们的身体中摇晃
时间在大片到来
也会大片消失，季节在枝叶上成立
或颠簸
回到一棵树的空无
都是生命的立场，时间在一棵树上
周而复始地循环
我们走向夏日也在通向春天
拥有和抵达总是在同时进行

一群燕子

精灵一样地出现在他乡，它们飞过屋顶
世间的空缺似乎可以由它们再次带来
许多只燕子在飞
羽毛油亮在记忆中
它们鸣叫着尖锐也像一条河流在深入人心
我向它们的声音裸露出疼和爱
站在他乡古老的屋檐下
空空的心灵有许多更多的它们在来回地飞
来回地缠绕着往事
是父亲在燕子的眼睛中走动
是父亲重新回到这个世界
是我还有可以依靠的父亲
他乡的屋檐和老家没有什么不同
他乡的燕子和老家似乎也是同一只
羽毛辗转着春秋
我的孤独在它们的翅膀下
展开
五年了，疼痛跌落向不同的黑夜
一群燕子用声音穿过我的孤苦
我把它们的到来也当成了
一场疼惜
为此，我交出许多的软肋

石头

一块石头立体着时间棱角分明
揣想于它的历史，历史滚动向河床
光阴滚滚而过
时间抨击出火星
我们都在挽留一切的光明
抑或免去阴影
你把一块石头摆放在窗台
也像与一条时间的河流擦拭心境
光的典当走向万物
黑洞也在点亮
除去流水的形式石头深藏着火焰
我们不怕从火中取栗
冒险往往来之于热爱
石头的史诗可以越过更多的生活
事物的申辩我们也在寻找种种的
立场，站在高处还是站在低处
一块石头对照了历史的镜子
它遗留了所有的存在
你也在同时聆听它的回响

白紫薇

纵然于一场雪的怒放
时间燃烧在它的虚词中
夏日的对白是你站在事物的柔软中
找到自身的色彩。触及向更远的心灵
边界在茫茫中也在极目中
花冠浮动
风吹向了一边，它们倾覆在逃脱的命运中
安抚了众生。也像我们找到了一条通向别处的路
花朵的热浪也在冲击
向灵魂，仅次于太阳的高涨
光芒趋向于万物的内部
对于这白色的对应，我们坦然在一场雪的背后
什么都问心无愧。你看到蜜蜂萦绕而来
光的招引和蜜意同在
世间的美意不会闭合，一颗心的浪漫主义
陶瓷收集着火焰，熄灭的时间也是滚烫
我们爱所有的枝头
白色的象征吞灭一切的黯然
希望和理想不必陈述
爱已饱含了所有的预想和结局

印楝树

植物的锋芒从柔软中站立

叶脉上的尖锐似乎让我们懂得避让现实

一棵树的庞大遮蔽了我们庞大的孤独

展开和挣脱的都如生长

野性来自亚热带，狂澜的枝叶有着它的

无限性

你看到叶子都在大于昨天

叶子葱茏刻画着时间的深浅

每一片都具有它的永恒性，不会褪落的叶子都属于

它的完整，涵盖向空间的广袤

你在那里可以让精神依附

植物的穹庐扩展在世事之外

它什么时候开花，什么时候结果

都在时间的序列中

我们可以免于试探真理

也回到植物的谦卑中

和它站在一起，抵达的高度永远都在延伸

向一个遥远

流水浇注着肥沃，深入更深的根系

生命的悟道都在它的无穷中

海底世界

大海的生物在爱中质疑

奇妙总是带着魔幻的色彩

用什么去破译它们的本身

水下也有芸芸众生

翕动着幽光

潜伏向更深的时间，大海中没有腐朽的事物

万物走向自由，珊瑚打开的斑斓是时间无法熄灭的

黑洞，火的燃烧它似乎在照耀一切

无限就是它的范畴

世间的道路都要走向它的初衷

水的幽径从鱼眼中诞生

开始就没有结局

沉浮的世界都如隔世和来世

谁都可以带着迷恋去探望

洞悉着大海的物种，试图靠近或挽留那些古老的

意志，鱼骨的化石托起的命运

是时间的坚硬之躯

和柔软的时空

侧身的光影都如世事的萦绕

人间迷离在它的存在之处

红果子

烈焰在时间中燃烧
簇拥向内心的应该是光
你看到的每一个果实耀眼在秋天
它恒定了一个秋天的圆满
色彩的火焰围裹向人世
火的收复也像一场爱的掠夺
是我们会爱上每一个果实
强烈的欲望有时与现实无关
虚无和真理一样可靠
宏大到一场叙事之中
时间的褒贬我们也可以不谈自身的困境
列席于它的早晚
是你每天都要经过它们。一丛灌木在未知中
命名，启示着光的据点
人间不会窘迫的还有精神的范畴
我们不用交出自身的单薄
而富足是我们占有它所有的隐喻和存在
比如：太阳
比如：灯盏

沧海桑田只有爱
可以留下来

墙有茨

蒺藜在墙面上攀爬生长
触须也是脚，时间延伸着绿意
几千年如此，密集的草木也是人间的
良药
我的虚空置于每一片叶子上
蒺藜任意地生长，我也在任意地放空
自己
古老的秘境也是一个诗人的去处
我没有什么秘密可泄露
也没有什么事物成为秘密
古老的慰藉是一片叶子的
虚无
时间的风霜在时间中完好
每一片叶子还是最初的样子
几千年的葱茏
密集不用揭示向世人
宫中的事也可以从无探问
我回到《诗经》只想和一片蒺藜站在一起

定之方中

去向哪里，榛树和栗树葱茏如初
千年的风吹是世事的安然
月光氤氲
星辰闪烁，静谧的事物一成不变
我要在那里留下来，也学习古老的法则
影子下的丈量，是太阳和月亮的
高度
也是一个房子的高度
做一个古人去回归田园
但是诗歌一定必不可少
琴瑟总是可以叫醒自己的惰性
依山傍水中的归依是一个人走向了
高远
淇水在流淌，诗心也无处不在
雨夜的孤独我也在等候那里的人从远处赶来
他们也会认同我
古老的大地上都是诗人
小倌人也写诗，农耕的人也写诗
胸中有云朵我们都可以把握命运

竹竿

我想到的还有苍翠的竹林
竹林里的风声
千年的苍翠也是千年的诗句
淇河悠悠
竹竿垂钓着落日，千年也像一瞬
她的孤苦好像可以遗忘
我只想和她走进她的故乡
流水的清澈照向我们柔软的心
千年的少女在归乡，她的胸中装着玫瑰
也装着一朵矢车菊
鹤飞过头顶，她也遗忘了他乡
她的脚下是故乡。淇河在右
明净的天空下我和她都将心思
交予淇河
流水潺潺，我们只剩下欢愉
我也和她相见欢
我懂她的孤独
沿着一条河流回家，她不再是那个
孤单的人
我还要和她见她的父母
她的亲人也是我的亲人
回到故乡
一片竹林也将成为我和她的心灵之地

河广

去向《诗经》我也为了去看黄河
黄河在《诗经》中浩浩汤汤
它带走了什么，留下了什么呢
一个人的忧思几千年还在。我知道那是爱
他站在黄河的岸边一站也是几千年
飞鸟的翅膀一跃就是宋国，我想赐予他
一对翅膀
让他去找他爱的人
竹筏顺着黄河他也可以抵达的。我不想让他在
那里左顾右盼
焦灼不安了一世又一世
芦苇枯萎了一个秋天又一个秋天
他想追赶的人一直都在远处
时空下的他永远是一个痴情的人
我也是
我想告诉他的还有宋国也有我爱的人
他教我在芦苇叶上写诗
天地的宽广是一条黄河也是一片叶子
爱总是可以放大和缩小着事物

伯兮

如何去安慰她的痛。战争早已停息
她的痛还在
征战的人早已归还故乡
她的丈夫还在她的呼唤中
马蹄踏过淇河，两千多年过去
邦国只剩下了旧址
战场成了麦田
光阴之中，她抱着孤独站了两千多年
她在诗中固守着那片战火缭绕的天空
风熄灭不了
时间也熄灭不了
她的痛处也在昭告天下
她的丈夫也是英雄
荣光和尘土同样都在他的身上
他从不说出的苦也在诗中立传
我的敬畏之心也是世人的敬畏
雨下了多少场都流向了淇河
她的丈夫还在他的征途中
她还在她的忧思中
一株忘忧草也一直在她的眼前浮动着

木瓜

我去向《诗经》求得一只木瓜
一只木瓜也是一树木瓜
我得到的是一株木瓜树，古老的果实
香气迷醉
情谊的芬芳飘过千年
找不到最好的答谢，但我一定知晓情谊无价
我能给的只有一首迟到的诗
馈赠于她
淇河我去过两次，我也想寻找到一块美玉送给他
温润的心一定配得上一块美玉和许多块美玉的
多么的好，我也想要他的木桃
千年的善果
果实下的甘甜也是一场醉意
人间的美意都在那些细微的事物上
木梨在春天开着白花
结下的果实也是《诗经》中的果实
永远在馈赠于人世，而我想要的还有她的
山野和村庄

桑中

沿着淇河行走就走向了一片桑林中
我也要去见我心仪的人
几千年过去他也会在那里等我
或者我就是那个诗人要等的人
爱不必羞涩
我也不会掩饰着喜悦。我也会呼唤着他的
名字
我让他走向我。沧海桑田只有爱可以留下来
我知道那也是不可磨灭的诗
草木之情是他最懂的
这也是我爱上他的理由
他也会送我一株蔓草
柔软之中都如他的暖意
爱是非如此地打动世人
我也会被他挽留在
诗中
我不想让他送我离开
淇水悠悠
时间无限
我拥有的是几千年不变的爱
流水的镜子是最好的见证

鹑子奔奔

鹌鹑在飞，它的翅膀
也是我的翅膀
古老的天空对于那里我不陌生
我想驾驭的是一只鸟，也是我自身
喜鹊在飞，古老的大地之上
也是我要占有的领地
古老的时空我以诗心拥抱
对于爱的理解一定是成双成对的
真理也永远如此
谁的抱怨沉闷了几千年
抱着悲苦
我想劝她去唤醒另一个人
无论是谁
兄弟还是君王还是那个心仪的人
大地的冻土苏醒在春天
只要她的心还在春天
人间宽阔的爱都在归来
翅膀对接着翅膀，喜鹊和鹌鹑都是她们
她们的飞翔在时间内外

淇奥

沿着淇水行走，就找到了竹林
几千年的河流源源不断
我相信我能遇到想遇到的一切
高雅先生也在对面
谦谦君子是他
我也可以爱慕于他
他可以不认得我，但也并不妨碍我站在他的
时空喜欢他
鹤在天上飞，我也倾慕那里的万物
如果可以我便要留下来
我等高雅先生爱上我
无论他是什么样的地位其实都无关紧要
他可以贫穷得只会写诗
一条河流是他的依靠
我也来依靠
淇河也是回家的路
他的故乡也是我的故乡
青铜只用来做镜子
可以照见他和我的诗心
爱从不关乎人间权贵

考槃

跟随着他去向山涧
几千年的草木在生长
人间葱茏
我们的胸襟装下天地
时间中的遗忘我们也在忘记尘世
喧闹的事物在身后远离
伟岸也如一条河流经过了身心
如果我们还有孤独也会交给山水
拥抱着自然没有尽头
山岗之上也如家园
疏朗的心和万物交谈
伟岸也如山水搬进了心扉
我们的日子都在山水间风生水起
去读懂了山水
我们遗忘了世界。怅然的心寄托在草木之上
我们向着自然靠近
带着豪情
我们被万物抚慰，我们的喜悦也是不变衷肠
我们住在山水中也住在《诗经》中

小星

去隐喻一些命运发着微光
高处不胜寒
站在高处也像站在低处，宿命里的道路
好像是给安排好的，去仰望星空有了一颗
怜悯之心，如果可以谈道理
从哪里谈起呢？从天空的宏观到微观
天象之中什么又是最贴切的呢
古人站在《诗经》的河流去探究命运
好像是对的
但又好像是错的
不去相信什么，空无所有的时候也是在寻找什么
光芒的建立从自我的内部开始
岩浆在喷薄着火焰
石头的流动也是火
去叹息什么都显得无用，当我们回到
自我的位置
不去挣脱那些得失
顺应于一切的存在
便会觉得万物有光
退向那些高远，是思想的再次翱翔
博弈于命运的好像也是世人的
心安理得

日 月

日月升起又落下

淇河婉约流动了几千年

那个女子还站在《诗经》中

说出爱，也说出她的抱怨

人间的妩媚无非是因为爱情

淇河的流水都是它的抒情曲

埋没不了的有时是快乐有时也是忧伤

人间的良缘她只爱一个他

几千年的衷肠都在《诗经》里滚烫

涅槃的凤凰早已飞远

而她永远都在

她想要一份爱情可以浪漫到终老

天鹅飞过荒滩

飞过荒凉的尘世

它们都以爱鸣叫

我懂得她的要求和疑惑。柔弱的心是她站在几千年的

《诗经》中弱不禁风

她是那么依恋爱情啊。何曾是一个错误呢

柔软的水草在淇河飘摇

它爱着流水的天空

只是世事有时也荒谬

或许我不能评判于她们，但我想站在淇河的流水中

与她的身影重逢

谷风

风吹的山谷时间幽深在《诗经》中
响动的光阴还是以柔软铺垫内心
人间需要的莫非是真爱了
蔓菁和荠菜还新鲜着雨露
她站在她的伤悲中
她呼唤她要的心心相印
是两颗太阳的相互照耀
滚烫的火焰将埋没荒凉
如果安慰是最好解药，几千年的迟语我一起
送来
当争吵成为生活的利器，舌尖上的毒药
也是黑色的玫瑰
爱回到了暗影中
生命的纠葛撕扯向更深的灵魂
爱没有对错
木船划向不同的对岸
去向哪里都是对的
我愿意留下来和你一起孤独在
《诗经》里，世间的恩怨都让它被诗歌忽略
我们能记起的只有淇河
寂静的流水

摽有梅

梅子熟了，是时间的丰饶
我想到那些果实的源头是花朵
白色的蓓蕾在生命中点燃
站在《诗经》里的那个女子也可以是我
爱从来都是在抵达
以芬芳
以怒放
她爱的人不知道在哪里，但是我爱的
我知道，一生只够爱一个人
我们都忠于爱
我们都在将心打开
梅子熟透在枝头，她等一个人来采
但我只等我爱的那个人来采
他可以踏歌而来，我们以心取悦彼此
她等的人也会从远处赶来
我们都会得到爱
我们都喜欢站在梅树下发呆
是在等一个人，也是在和一棵梅树
平行着那些美
自然于那些生长，是我们从不保留自己
爱在示人
也在燃烧

凯风

风吹得卫国万物柔软
一棵酸枣树长着嫩叶
人间的抚慰需要光也需要爱
我想站在《诗经》中成为一个被母亲
呵护的孩子，从小到大呼吸着卫国的风
我也说卫国的方言，我也会豢养一只鹤
让它自由地飞
我不懂母亲的辛劳只有依赖
妄图永远是长不大的孩子
母亲的美德我不懂得赞美
她的爱像阳光一样随时到来
光在光中
我的心永是灿烂
或许我是那个和他一样长不大的孩子
退缩在命运之中
只是母亲不会怪我，流水的真相是我走不出
母亲的世界
人间的寒凉都有母亲迎上
黄雀的鸣叫越过几千年的风吹
没有改变的还是她的良善
和慈悲

雄雉

野鸡的羽毛鲜亮

不会落入尘埃。几千年它都在《诗经》中飞

我知道翅膀掀动的是她的孤独

一个人的无依无靠

渺茫的也是世事的荒诞

她无法应对时孤独就更多了

爱恨的炼狱向着内心封锁

世界似乎只有她一个人

淇河经过她的孤苦

寂静如歌。一生总是值得用爱典当

她还站在卫国的时光中

太阳落下来时，爱的阴影也是玫瑰

她永远是对的

爱没有输赢

也不用责罚于谁

日月交替着光芒，她的爱情袒露在时间中

永不磨灭

桃夭

粉色的桃花，开在那时
也开在此时
几千年的粉色，爱依然是桃花的色彩
那个出嫁的女子一直在幸福之中
她也是一朵桃花

桃花艳丽之躯在《诗经》中徜徉
人间的美意也无非如此
借用一朵千年的桃花去祈祷着爱情
春天的枝头都在生命之中
有了《诗经》的温度

桃枝的咒语在人间辟邪，桃树的利剑在
道士的手中
我们不需要试探那些暗喻和寓意
爱的字符是桃花的
繁茂
一颗心
只需要在桃花中流放
回到《诗经》我在等千年之前的我爱的人
非他不嫁
也用桃花做佩饰
让他认得我

芣苢

一株车前子在《诗经》里生生不息
它也在开花长出种子
落地也生根
从前的日子在《诗经》中留下了生存之道
爱和广袤也是一株车前子的
慈悲
它可以入药也可以食用
人间烟火也为它升起
我想走向荒野去采集一些车前子
倘若可以返回《诗经》中
我也是那个低头弯腰的农妇
反复采集像理顺我们的命运
被救济也被庇护
车前子也像一服药剂
它也在救赎着苍生
人间没有徒劳的爱
芸芸众生都得道着爱的道场
衣襟装下的馈赠
一株车前子的叶和根
风声和流水都直通
大地的秘境

关雎

被流水送远的事物，也会沿着流水
再返回来
雎鸠飞翔在千年之前
光阴浩渺
谁是那最轻灵的羽毛？漂浮在尘世的心
一直装着爱

古老的对语，黄河悠远，浩荡之间
石头滚动为沙粒
荇菜的种子生长了千年
起伏着波光和泥泞
臆想在梦境中摇动着现实
一只木船漂泊了太久，光阴轮回
存在之中
爱的重量也像天空

鼓声穿过千年的回声又返回到原处
辗转之间
诗人还在船上等他想等的人
漫长的河流他在漫长中停滞
从不更改内心

葛覃

葛藤伸长的藤蔓一直延伸到我的诗句中
我相信我和她没有距离
只是隔着一些藤蔓的叶子和流水的声响
那只黄莺从她的那里飞到我的这里
翅膀扇动着波浪
我把那些美都看成虚无
它正捕获着我的心
旧的时辰都被它的鸣叫警醒
翻腾着人间烟火

繁密的葛叶稠密在山谷，被它氤氲着的
还有我此刻的
心境
似乎可以与世无争
只为这些浓烈的颜色倾覆一世
也织就一件粗布的衣衫
跟着她一同返璞归真

草木的伦理也是大地的哲学
我是回到了千年以前才懂得
一些道理
草木灰清洗着一些尘埃

世间便没有尘埃

在此我只想和她说那些柔软的事物

以至于让我深爱着

汉广

去追踪着长江的流水

爱也在茫茫之中

痴迷的男子似乎正在打动着我的心

只是他不认得我，我也不认得他

象征着那些渺茫的爱

是一棵乔木在高处

他的愁思还在《诗经》中

即便季节更替

他还是在忧愁中，我无法帮他排解

千年的因果

只有他自己去解答

长江的洪流不知流向了多远

才算爱的尽头

爱没有尽头

他不会抱怨什么

在那些空茫中老去

还是他永远不会老

也像一株芦苇

一匹白马青葱着心

只是让时间嗒嗒而过

汝坟

汝河悠长，几千年的流水也如她的忧思
枝条葳蕤不知道砍伐过多少次
她手中的镰刀也拿起多少次
怀揣着一些爱也在割裂一些疼
她看不到她的丈夫
也看不到前方的路
路在水上
又像无路可走
芦苇摇荡着也像哀伤
一只白鹤飞过的空旷都是她的孤独
我懂得她的焦灼不安
她说不出的恨我替她讨伐
像得到一个口信
来安抚于她
旧时的月亮也可以在她的眼睛中明亮妩媚
汶水流向多远，她的丈夫就回来了呢
我问的时候无人回答于我
像一些爱找不到回应
王室遥远，但那里一定有她的丈夫
架在火上烤着命运
我无法评判
但也会劝解他可以早点回来

像一条鲂鱼沿着汶河返回
水声寂静
他的内心也充满了爱
和更多的波澜

采蘩

一株白蒿飘逸着草木的香味

熏染了谁的心

两千年前的宫女仿佛也是我

在那里弯腰采摘一株白蒿，好像世事没有尘埃

只有这干净的草叶

洗礼的尘世

白蒿高过往事，淹没了多少事物

但人间的祭祀又高于一切的事物

恭敬于大地也恭敬于天空

膜拜的心也是你我

流水远去，白蒿还在生长

我们看到的一株仿佛是《诗经》里的那一株

相同的土地

千年的翻耕，枯萎的仿佛只是

一些时间

她去向白蒿的河洲边

仿佛是在重复着人间美意

如果可以我们一同站在河洲边

被流水淡忘的旧影

还有后来的我们

第四辑

叶子缭绕着光，
人间柔软

石楠

叶子缭绕着光，人间柔软
反光的事物都带着真知和答案
一片叶子也在为我们遮风挡雨
也像苍穹从头顶扩张
时间的枝条可以重置，光阴插写在不同的历史中
你看到的一丛石楠在无限中编排
心灵的史诗有了无穷无尽的绿洲
重建着光明也在人心的内部着陆
力量总是出自精神，山水的生态勾画在我们的
生命之中，喘息和流放都在它的枝叶间有了空间
而灵魂可以高远。静止的风暴都是爱的窥探
从一片叶子中找到的命脉，尘世辗转在新生的嫩芽上
草木的海洋将沧桑淹没。大地之上万物归来
扇骨木，美的审视总是走向诗性
叶子也会染红世界，有了变幻的时空
我们腾出一些思想用来爱，也用来虚度
编译着人间大美，以诗为歌

黄槿

时间凋零为一片叶子，落日沉落着光

一棵树可以留住光阴的全部，安然在大地之上

纵横于生长的都在它的激情之中

庞大的证词来自花朵的引擎，当灿烂掩盖了世事

一棵树的年轮也在绕向一个古老的命题

而我们始终被它簇拥在崭新的事物中

不会荒芜的还有心灵，典籍在彼岸诞生

大自然的造物奇异于生长，也神秘于生长

玄秘的风声是来自灵魂之中的回响

契合于自然的怀抱，我们都是山水中的诗人

雨水浇注了缺失，爱弥补着空洞

我们回到草木的本身有了草木之心

大道自然，它的每一个枝丫也在身体中有了位置

指引于人间之美，是我们在时间的倒影中寻找到远方

山水的沉长都是诗句，一棵树立体在山水中

囊括着的意义都是大地的馈赠

草木的意志点燃着万物

石头在内部开花，人间柔软无边

灰鸽子

它可以不发出咕咕的叫声
只是在人间走动
在你眼前挪移着另一种安静，它仿佛走向的不是
大地，而是走向你的身体之中
爪子轻踩着身体某处
那样的靠近好像是一种力量，又无须力量
好像没有什么可以惊扰着它
也没有什么可以惊扰着你
两颗心的平行
它可以再次飞起来
以柔软冲击向你
世间的凌乱都被一只鸽子取舍
你也在跟上它的轻盈
安顿着自我。一只鸽子它的寂静一如
整个天空的寂静
风只是它的翅膀
当然它可以再次发声，咕咕声
穿透一切的事物
伟大的册页我们爱上了万物的
自身

麻雀

你看到它在走动
这尘世的安宁也在它的身体上
你看到它又飞向了一棵树
它在行走，也在飞翔
它也像我们自身
放空的命运可以只有一只麻雀的重量
一只麻雀有灰色的羽毛，爱的隐喻它也有
五脏六腑
我们不曾怀疑这人间的生灵
它有庞大的心
它等同我们内心的沸腾
如果啁啾是自我的发声
或者语言的范畴始终是歌唱
我们也从不犹疑任何事物
爱更替着爱
它飞向不同的枝头
我们也在跟上它的轻盈
领略着世事

夜

一个屋顶的天空
也会有流动的风声
时间没有荒芜过，它在纸上立传
你将自己置于其中，奔走从那些字符开始
而事物永远没有结束
火车在提速，你在那些空间看到的是永无止境
萤火飞过的虚无，你也会忽视一个星空的闪烁
时间的命题永远都在不停地设定中
你也会在命定的纸面写下釉瓷的光
小心翼翼地锻造，火种取自内心
让万物都走向它的明亮
奔赴的道路往往都在字里行间
键盘敲击向命运
榕树在千年的根茎上呼吸，盆景和假山
也会让你免于孤独
打更的人敲响钟鼎他不会忽略夜的深处
事物如果带着局限，身体也会回到困倦中
你将要睡去，好像也将要醒来
黎明延续着光芒，时间推动着胸中的太阳
夜成为热爱的依据

菜畦

置于其中的种子都有各自的秩序
它们进入生长的序列，像光影
重合着光明，每一天的布施都在走向
不同的终极
你去采摘，时间审视向那些成熟
我们免于赞叹
幸福和安慰都可以来自植物之心
梳理和浇注都站在耕作中，雨水的象征
可以引用着一条河流直达它们
草木的距离一直可以由流水通达
解惑着生命的自由
大地的根系——都在激情中
时间的影子罗列向丰饶
向上的广袤都在自然的陈述中
有了不同的生息，命运之中
我们可以抓住它们的任意之物
风吹向菜畦，光阴的复数
永远都是果实累累
和人间的狂喜

土地

或许时间可以任意打碎

粗狂的表面也可以重新细腻起来

没有局限的肥沃都趋向大地的慈悲

泥土暗藏着光,植物也有了火焰之心

你去耕种,古老的文明也在一畦菜的图谱中

延续

陶土从火中煅烧泥土在重塑

大地取之不尽的是它的丰厚

坚硬和柔软都是泥土的陈词

种子和果实对应了力量的无限

叶子也如篝火以蓬勃点燃世事

我们迎接它的无限可能,也像关于未来的

预知,你种下什么就在得到什么

馈赠暗记着幸福

狂喜席卷着命运

永不会荒芜的土地在双手之中翻腾

磨砺走向了思想

分辨于时间的真知,是它的生长

和永序的生长

城墙

隋朝的风吹来，它能够唤醒的历史
似乎又在纹丝不动
一块砖在时间的正面惊掠人世
流水苍茫它在一面墙的背后
我们不知道的过往，又在探寻那些过往
人心能留住的是一面墙的挺立。历史也靠近我们的
缺席
远去的马匹似乎也在返回

时间在一块砖上复述，时空没有远近
蓝色的信仰和大海都在谱写着慈悲
尘世在一方水土中安顿。城墙内外是时间的
踪影
我们去追溯生命的意义
向着一块砖敲响时间，时间响彻着
久远
历史的旋涡归于寂静
千年和万年都在一块砖上收放

一面墙也如时间的道场，我们有薄弱的心
屏息的爱恨
在悟道中修行

假山

时间的棱角隐喻更深
历史的风吹打开的究竟是什么
悲欢都是世人的常态。我要在此遗忘悲苦
隋朝的太阳落在肩膀上。光的普照
没有寒凉。冬天的雪在骨头中白着
父亲已死去多年
但我幻想他在隋朝走动
岱庙下有他的生存之地
一座假山下我能寻回他的影子
古老的记事他可以是那个守园的人
暮鼓晨钟都在经过他年轻的心
树叶生发的记忆他能记起的不是我
一座假山构想得太远又太近
我知道苍老的人间无论在哪儿
父亲总是在侧身而过
唏嘘是一块滚落的石头，再次敲痛我

侧柏赋

关于光阴的垂问一棵树绕向历史
庙宇在枝叶间展开
庞大的恩宠一定属于时间
我们走向一棵树的寂静
悠远于它的又在拉近
世间的拥有它在风声中对答千年
世事婆娑，恍惚于我们的又如一个瞬间
古老的对唱感应那些奔流而来的
奔腾而去的事物
飞鸟遗落了旧时的羽毛
光影中的捕捉有隔世的山水
一棵树的时空让感知似乎都在
觉醒
我们也是站在不同朝代的我们
人间有被征服的爱，我们忽略了粗狂
你看到树皮的细微和光滑，它也在默察我们的心
爱总是可以表露无遗

残雪

洁白的余留我们摒弃所有的尘埃
世事被渲染得如光明
蝴蝶陷入花丛。人间万象如雪花的走动
有轻起轻落的翅膀
步履之中我们所践踏的都像是错误
迈出的脚步进退两难
还好，高洁之上的灵魂
等同于雪的都是思想的羽毛，高处的缥缈
保持着爱的警觉

雪的风暴在强化这个冬天的立场
一层覆盖过一层的苍茫，河流冻结了所有的想象时
雪是唯一的动荡，浮动的光阴我们只留存那些
与雪相关的部分。可以和光一起并存的
修辞
你也在给予自身一个唐朝或一个诗人的身世
一场雪也落在了
古代

昼夜的漂白事物都在退向自我
那么，信仰和一场雪同样在洗礼人间

白菜和雪

冷的尺度绝顶于一场热爱

断然于冬天的到来，我们能够窖藏的

白菜是另一种雪，卷起的日月

是丰收的归来。雪白的叶子铺陈了

一条河流的去向，我们能够理解的生活

无非如此。川流不息的拥有

善念和爱意的重叠

掌纹里的汗液滚烫向字里行间

大地之上的书写勤劳总是免于疾苦

雪吻合了心，冬天铺就的诗行

也是无限的雪。我们未曾有过任何缺失

丰盈的也会是一颗心的顶端

大海的旷世晃动着潮汐

澎湃的激情在应对一切的现实

我们在一棵白菜上找到的对白永远没有杂念

雪落在雪上，人间有一寸寸的白

菜畦被雪覆盖

冬天之中我们和万物站在一起

湖水结冰

凝结的一滴水也是无数滴
冰片上有平整的世界，也有残缺的世界
我试图去打破那些统一
让水漫上来
我知道一些事物总是会患得患失，水中的法则
只有流动才有意义。黄昏中有落魄的人
黎明中也有探险的人
我无法用自身试探冷暖时，欲望总是会缩小在它的
瞳孔中
鱼在冰面下游动，托起的梦魇可以是一场觉醒
人间的温度只有爱的火焰
你看到事物的膨胀都是带着某种外力
也会带着某种使命
我们怅然于湖水的高低，冰层中加深的厚度
也如时间的明镜
什么都在历经着考究。爱恨都在落叶中焚烧
春天归还于冬天的还是流水的源头
万物的初衷

紫叶李

微小的花朵放大的牧场

瞬息中的花开

我们还未能辨识的是我们自己

光在打碎一切，每一个花瓣都有它的独立性

审视是来自万物的窥探

人间四月高洁在最初的欲望之中

我们有单薄的初心，一张纸上的雪

永远不化

镜子深处我们都是向着理想归来

隐喻的风暴从来都不是危险

马匹松开的夜也在迎向黎明

事物之中我们不用试探

一树花摇撼着天空

立场之中的坚定来自信仰

一棵树的词条

是花朵也是叶子

大海的潮声冲击向心海

人间的重量是我们所爱的部分

向日葵

璀璨便在瞩目之中，花盘托起的光
形似太阳的耀眼
谱写着原野之歌。我们看到的也如得到的
意念在滚烫中叙事
阴影和雪从身体中滑落
失败不再存在，转向向阳的天空
也转向明亮的灯盏
光的对应是一切的光。黑陶深埋于地下
也会出自土于地下，种子饱满在秋天
高涨的火也是历史的火种
我们从火中取暖。内心的彼岸回荡着海水的
热浪
山水的僻静又在走向世界之外
空间扩大了它的生存
和存在
秋天在结集世事的果实
一株向日葵无限在色彩的终极
光跃向万物的中心
也如风暴不受限制

初冬的小雨

细微之中的小或是更小都在布置一场

寒凉

落雨的心境使我们更为清醒

一些冷意的必然，季节之中什么正在逃遁

消弭的老虎早已远去

冬天的篝火在远处点燃

时间的裂缝被雨水侵袭，我们也可以躲进一个屋顶

寒流在风中写下立场

我们能抵御的还有爱

爱世间的冷暖，被延展的铁器曾是一片铁水

秋天的火焰会引申到冬天

父亲曾活在世间

他是我们在梦中遇到的人，模糊的面孔又是

如此的清晰

雨或大或小都在抵达冬天的冷峻，冷的尺度

还会有风雪的暴烈

大过雨水的张扬是冬天的另一种表述

雨的镜面下似乎有冰的虚设

但我们依然用爱

对答人间

翻地

也像打碎一些时间重筑起新的时间
秋天的菜畦我们也在构建春天
驱使着内心的焰火升腾着光，绿色的彼岸
还有流水的经过
你重新翻动着泥土下沉寂的时辰
一些是过去的，一些是现在的
和遥远的未知
但都统属于历史的光泽
埋伏着更多的文明和时间的火种
陶瓷和瓦片被时间过滤为一种鲜活
不朽的陪衬也有着不朽的微光
在铁锹和泥土的瓜葛中力量一定和爱平衡
如果还有一只蚯蚓也在打通历史的
悠远
一片菜畦你也可以是站在另一个朝代
将现实推向更远
只是无论如何爱不会更改大意
你弯腰和抬头装下天空和大地的辽远
是过去和所有的时间
并涵盖着一片葳蕤和苍翠

黑夜漫下来

缓慢之中，又像瞬息
黑夜加深的灯光，我们似乎又那么需要光
阑珊的夜你走向那些微光中
点燃的词根可以是任意之物
比如树叶，比如萤火，比如那些还没有熄灭的
灰烬
啃噬于语言的缘由一定是因为我们爱着它们
需要那些可以沉寂的回响
在发声或不发声时都成为一种行吟
你走过的夜环绕在更深的纬度间
夜的底部似乎也会让一些事物重新站立
一只猫窥视着历史的幽深
被羁绊的马蹄也在翻动历史的城墙
生锈的螺旋上有跌落的时间
黑夜增加的神秘感在你的感官中发觉着一些什么
它们可以不是真理
只是一种假设的存在
我们去接过夜的漆黑，大海的呈现
也可以只有浪声
星火剥离了孤独，我们又在黑夜之间
找到了自己

空空的石榴树

退下了火焰之身，花朵和果实都抽离了它的美
空了的枝头
只剩下树本身。柔软的伸展
一株石榴树向我们延伸的还是一个春天
风撕扯着它最后的叶子
没有什么可以揭示的困窘
我们知道时间藏下的火种只为了证实
秋天的到来
时间的伦理都是火的证词
岩浆包裹在更深的地表
空空的树依存着春天的血
火的河流也在静默中流动
当飞鸟转过它的空旷
我们留守的所有哑然都像是在等候一株
石榴树的春天
爆燃着它的花朵
也叠加着它的果实
时间漫卷的枝叶
篝火和史诗也在重新赋予我们

叶子落下来

它们在落，飘落的时间仿佛可以抓住
你看到的飘扬
是正在完结一个秋天
事物之中的辉煌可以绝口不提
我们从落叶中学会沉默和吞咽
又好像什么都可以没有觉察
这只是秋天的一次到来
世间的事物我们无从把握
蝴蝶飞过又转身，斑斓的事物似乎都在
隐藏
时间的残破
我们只等春天
叶子什么时候就落得空无一物了
空空的枝头迎上了更大的风声
我们用什么来防御一切的变幻
心灵的空装下更多的空
又像等待着万物发芽
将人间拥挤
将我们的爱沸腾和再次沸腾

在高铁上

我爱那样的快和急速，恍惚于万物的也都是爱
或来不及去爱
叫不上名字的植被
以绿意覆盖着过往。每一片绿叶都像一个故乡
经过了身心，我有了游子般的乡愁
远处的，近处的庄稼
都无法拥紧。怅惘着一首诗的起伏
来迎合着大地的波浪

只是看不到人群
也看不到辛劳的人
此刻
赞美的行吟，他们不在，或他们一直都在

仿佛在那些绿叶之后看到一张张古铜色的脸
也会包括我死在故乡的父亲
高铁开得很快，我无法安静于回忆
也无法和窗外的世界对答
什么
一首诗落在了纸上
另一首诗正被大地书写

人间烟火

多么的好，燃烧的柴草响彻着光
沸腾了水
也沸腾了心。柴草的点燃似乎让万物都有了沸点
你也可以看着那些炊烟升起
让过去的某一个时刻在沸腾
是姥姥，是母亲拉动风箱
催动着另一个时空的人间烟火
爱在慢慢氤氲
你也可以只是歌吟于此刻
在那些金黄的玉米馈赠间说出一条河流的
清澈
蜿蜒于雨季的风暴它们都在抵抗
以及一粒种子的慈悲饱满着时间
还有双手的辛劳驱动着野草
没有荒芜的时分
每一寸土都是爱的耕耘
多么好，炊烟缓缓地上升，都如爱的温度
缓慢的燃烧以及激烈的燃烧都在抵达着
一个村庄的寂静和神秘

大风

形式中的开合，吞吐在它流动的牙齿间
倾听它，光覆盖了暗处的
留白
空间扩大了它的吼声，我孱弱在感冒中
倾听它，推动着空气的旋涡，记忆推远的
时间
我在风中，被自己猜疑，也被一场大风
包围，年月被抽走的片段
辨识于它，像风卷走雾霭
闪烁着海水的倒影，冷热之间麻木又在惊醒
着，风的道路也在铺就大海的幻影
海水埋伏了鱼骨，我在风中寻找大海的锯齿
和斑驳陆离的影像
只是在现实之中一些疼惜在风中迎出尖锐
父亲已死
大风中没有他站立的骨头，风击败着黄昏
淹没着我的痛哭流涕
大风收集着天空的镜像，叙述的声响穿过玻璃
击撞着事物的深远
倾听它，缝合着的漏洞又被一些过去
弥合，颤抖着火焰的生息
大风越过纸页，也留在纸页

海棠花

嗅觉中的火焰，在虚无中燃烧
颠簸着平淡的昼夜
两株海棠花构架了一个粉色的花园
被虚无漂浮着更多的是一些诗句
还没有成立的诗，如此于它的葱茏
去相信那些花朵的未知
以及它们埋伏在深处的光涌
叶子圆润在旧时的时辰
好像许多年的一片，被父亲嫁接过的那一株
时间被博弈了一些什么
我在那些熟悉的气息间模糊不清
就连父亲的脸庞都需要重新指认他的年轻或年老
海棠花氤氲着一些记忆从深层间剥离年轮
我爱的一切都被它捕获
它也像一条河流冲洗着光阴
被它慢慢浮起的心灵简史
浓烈着一些任性
好像它也是我，施加于自我的
天空，用一些诗句被它扩建野性
或者微光

对语

漫过了十二天的等待，似乎时间都站立为一个硬质的骨骼
我左边膝盖已经坚不可摧了
它的裂纹抚平了一些隐隐
只给我现在的欢愉。我也和它站在一边，只说生活的饱满
像秋天的浆果，我只记得那些甘甜就足够了
这些日子我学会了和自己对话
得失之间我宽慰了一切
也包括自己。总是会在疏漏之中与自己遇见
像夜晚的风声，它错过了光
我又要抓住它的口形与白昼对照
每一天的获取像一些意义有了概念
一些意义有了骨朵
我似乎觉得我没有虚度，又都在虚度
当一天的尺度丈量到下午，我已经睡了一个小时的
午觉，但醒来的时辰都是诗
赞美低于黄昏，我又要抱紧整个夜晚和所有的
推移

点滴或别的

通过了它流动，我恍若被春水惊醒

疼过的时辰也到了春天

没落过的白昼也到了春天

一个月的沉默是左边的膝盖与世界保持着警惕的距离

借用五只鸽子的翅膀，我的心已飞出很远

在悲伤和欢歌之中，我会忘记我是一只鸽子还是一个我

虚无往返于我的孤寂

时间之中的骨骼加持着我的爱

冰冷的雪剩下的在春天消解

如果春风吹来，我也会忘记冬天发生的一切

忘记石膏、纱布和那痛觉的神经

仿佛它取悦了我所有的遭遇

我学着感念，像用左边膝盖重新认识什么

比如春天的树和叶子

比如花骨朵深藏的嗅觉

比如一只蝴蝶倾斜的视线

比如通向幽寂的花园像光阴的庞大

我在缓慢中获取着微微的光

像礼物又像果实

昨天下雪了

雪的秩序可以无声为一种不存在
只有你发现的时间，满世界已经白得无可挑剔了
像一种突兀的圆满
无法区分于季节的枝头
对于事物的解答也可以是未知的
你有不确定的年月，不确定的方位
一场雪像许多年前的一场雪
父亲正推着自行车从学校赶来
路上的车辙和脚印也清晰地白着
人间不知道留下了多少他的脚印
看到窗外的雪，我也会忘记是辛丑年
雪仿佛只是一个消失又再现的事物
可以用来治愈伤口
也可以用来覆盖旧伤的暗影
只是当我闻到了水仙花的清香
又会觉得一场大雪
把世界相隔遥遥了
像醒来的一个梦，我不知道碎落的疼要如何
在春天缝补
父亲已经两年没有再回来

一个人的黑夜

住进了夜的漆黑，眼睛仿佛无用
我用什么来辨认爱和孤独呢
左边的膝盖还裹着纱布和药水，对于一场大雪我有
戒备之心
白色混同了一种陷落
好像漆黑一片的夜最为安全，而且又完全属于我
我只凭借着感官
去打开一个夜的无边
夜空中有什么呢？黑色的暗涌如玫瑰深沉
爱从来都在围绕着我
栀子花的稿纸上我要写无数的情诗，我爱的他也像整个暗夜
把我的孤独全部显现，又全部吞并
当然我还要与休斯的一只狐狸形影不离
夜的嗅觉我们会喜欢同一首诗
这午夜的森林，有什么能越过它的躯体
比一首诗更能抵达思想
闪亮着
一如有形无形的小星星可以看得见，也可以看不见
夜的大网，我好像能交出的只有爱和诗了
也好像他们都在黑夜当中
离我最近，黑夜的斑纹，纯粹地呼吸着它的意义
或深层的意义

第二天

醒来的早晨世界好像与我无关，我不能出门
仅能蛰伏于床上
左腿的膝盖好了许多，它可以动，也可以用一个拐杖
我确定我和博尔赫斯用的不是同一个拐杖
但同样可以敲打地板，同样可以指向图书馆的迷宫
一张床上的一天，我虚度，我也流浪
我孤独，我也安然
同样不耽误我写无用的诗
我还要练习着行走，像重新认识一些事物
平衡于左边和右边的天空
站立于大地上的高度和力度
我已经走到客厅又回到了床上，小小的空间
容纳了我的什么呢
我想我没有太多的智慧，但有爱已足够了
爱窗外的鸟，爱水中的鱼，爱那些伸手可及的水声
和我一再想念的人
什么时候我可以不再依附于拐杖
亲密无间于万事万物
我也会爱上一个村庄的春天

出 口

拉开窗帘，光透过来的时候，我看清我
左腿还缠纱布
只是我不再沮丧什么
等它好起来，我需要写许多首诗
像一只白鹭沿着森林上空飞了无数次
有时候不是为了觅食
只为了证实它的存在和意义之中的举重若轻
有一个人的白天，也有一个人的黑夜
我去确定我和一只白鹭的关系
我打开窗帘或打开灯它会飞进我的屋子
消弭着一些寂寥
也打出一些出口
一如我躲藏起来，在一页书中
时间缓慢得像一只白鹭在飞
我在那些慢中又得到了信仰和真理
以及形而上的风

风中的紫薇

总是在那些战栗中抖动
你看到的花冠隐喻为火种
焚燃着光
夏天不会有忧郁的时刻，风中的倒影也像火的
波浪
保留的柔软，掀动着时间的虚壳
风的旋涡没有风暴，只有更多的指引
在抬高诗意，你会从那些火焰的形式找到
种子的外壳
好像世间的事物都在柔软中蕴藉
你看到的种子都回流着风声
夏风徐徐
柔软的煅打，也是火的靠拢
热爱的尺度在大地上行走
每一株紫薇都带着热浪
火吞咽着火
你在那些形而上的锯齿上漂泊着所有的
心境
不肯收回。抑或成为语言的另一种
盛大

一条河流的奔涌

急促于流水的源头，咆哮的吼音
将现实推远
眼前的事物又像某一个过去
你看到的洪流滚滚是从一场雨走向
另一场雨
闪电的利剑划过大地的垭口
退无可退的激荡是流水的一部分
一切都是流水的狂喜
一条河流归隐着什么样的鱼群
你看不到时，只能去想象
我在那些陈述的波光中
力图去吻合一些过去，过去的鱼群
过去的道路
那些流水的裹挟中所有过去的存疑
流水冲击着原委
我们在岸边找到了回头的路
也可以弥合一些悲喜
沧桑间的嫩芽，光踯躅的阴影
都温习着一些乡愁
和走远的脚步
宏大在那些响彻间

谁都不曾迷失

我们也在试图去抓紧这河流中的

一切

风吹

随之而来的流动
也在身体的旷野
像麋鹿的奔走，跃出
柔软的界定，风再次来
掀动的裙摆
一遍又一遍，我能放出的自由
还有那些狮子和狐狸
老虎和月亮
错乱的思维它们都在我的身体中
是博尔赫斯的也是休斯的
是里尔克的也是我的
圈养着它们也是我尤物
风的召唤
海水的席卷，去向那些时辰间
放浪
我不曾写过失败的诗
任由地吹来，风也设定了无数的悬念
海水肆意了巨浪
我放养的野性又在召回它们和我的同一个
宿命
是一些诗的完成和正在完成

失眠之夜

夜空中的星星在高处闪烁
属于一个人的夜，没有声音
亮了又亮的也可能是眼睛
是自己对自己保持着清醒
时间只是滴进夜色的水滴，看不到
也听不到

睡了的事物在秋天有了薄凉
我只是还是看不清世界万物，许多的沉默
和夜晚有什么不同
即便我醒着不睡，还是唤不醒什么

我摘录了夜晚的无底深渊，卷成了一只
小兽的体态。用皮毛包着自己
害怕寒冷，害怕任何的惊恐
时间抵近了别人的睡梦，黑夜缓慢地亮了
一个夜晚的空间
像一个孤单
没有具体到哪，也像一个痛苦
又被夜色点燃

夜行

别无选择，又在选择，一个夜的漆黑
我用孤独背负着
平行于大地的爱和惊恐似乎一样的多
在车上，对流着人间的冷暖，我能看到远处
微弱的灯火
漆黑和消失的事物混同在一起
所以我无法认得经过的村庄
以及黑夜中高耸的墓地
草叶上滴落的柔软
无法关乎这个世界
仅有的爱都在心尖上隐秘着
好吧，我要告诉他我去了更黑的永夜之中
蝙蝠会出没在大地和原野
只是我看不到
我能看到的只有我自己，对弈的面孔，左手
握住右手还有爱
依附在所有的安稳中
也会在这茫茫漆黑中睡着
忽略了人间的得失
忽略古老大地上的输赢
我又像一个放牧灵魂的人
被黑夜呈现着

下雨的天空

雨的法则是让事物避让或躲避

羽毛也要回到一个襁褓

沉落的雨在夏日有了它的普遍意义

你我都无法更改

或许它也引向一个理想国

菜畦回到了寂静，你的内心也贴着雨声

默察着光

只是我不知道你在哪，世界的哪一角能让你

停下来听雨

雨水敲响的陈词，你也在动用那些

发酵的时间

和故乡的一场雨混同

雨中的河流有游动的鱼群

宿命中的苍生都带着它的旧址

你在一场雨中也会贴着河流走近自己

又沿着自己走远

雨冲击着雨

虚无中的擦写

你也会试图去伸手抓住那些流动的光

或者瞬息的光

菜蟥帖

杀戮或捕杀都难以跟上它的翅膀

它们在飞也在攀爬

迷惑之中的斑斓

它们也像一只甲虫。只是它们带着阴影

和罪名

咀嚼着菜叶

穿过时间的稚嫩，它们仿佛在给时间制造漏洞

风吹来的苍茫

植物的呼吸也有了疼

如何去训诫那些菜蟥，让它们也变幻为一只只甲虫

有了良善

风吹来的摇动，它们只是在布道着

爱的道场

你也可以赐予它们人间的粮食

它们可以像蚂蚁搬运

着事物

如果可以它们也会听梵音一样的晨曲

菜畦寂静它们也都在通向

善念

罪与罚，它们也可以用一些爱重新偿还

人间

紫薇帖

延长的花期包裹的火
花朵的引言你可以读取更多的
火种
被灿烂隐喻的辞藻都在点燃你
去和那些花朵围绕，用灵魂

一朵和另一朵，一株和另一株
花朵的缝隙被灵魂充溢
你去往那些枝头，浮动的光
一如颠簸的思想，灵魂的棱角
也可以在柔软中锋锐

日月之间的塌陷，也在那些花朵上
世间的微小都如庞大
当你认同虚无的事物
花朵的淹没
也是一个时空的狂澜
我们都会被它惊动或引领

那么，永远都是热爱不止

决绝的爱

好吧，哑然的事物都带着枪口
毙命的一悬我也会想到爱
爱的淋漓
海水中的狮子也是一头猎豹
花纹朝向内部的涅槃
灵魂的天涯比一朵栀子花还要洁白遥远
去奔赴着爱的宿命
火验证玫瑰的红，爱没有尽头
灰烬里的飞蛾也会是生生不息地
飞扑
隐没的疼在火中
玫瑰长出的血肉
流放到孤独的茫茫间
但一定是一头猎豹的反扑
界定于爱的森林
一张纸誊写着爱的不朽
沉默埋伏了一座高墙
我带着爱越狱
猎豹的爪牙撕扯着天空的阴影
总是会迎来光的闪电
哪怕刺痛着旧伤
玫瑰的清唱依然在贞洁的时空
属于它永恒的范畴

夫子洞帖

孔子的石枕、石床延续着历史的恒温

时光也在亘古不变着神话般的存在

你去过那里

一如在那些史话般的火把中你看到了一切真相

镜像在还原着光阴

一些光影都在重现：

孔子可以只是一个婴儿，他不知世事

也不知洞外的世界

他和一只老虎睡在一起，酣眠的声息

让你唏嘘人间

老虎瞳孔装下的良善

也像风中的蔷薇

它扩张着柔软的爱

鹰隼的翅膀扇动着微风

孔子在爱的庇护中

这个夏日似乎和那个夏日没有什么不同

历史回旋的依然是爱

你站在那里和那些过往拥紧

仿佛光阴某一刻在洞中停留，又仿佛某一刻在历史的

回响中滚滚向前

日月同辉

燃烧的光都在轮廓中

真实和虚无带着幻影

时间在奔跑，仿佛又在驻足

头顶的光辉，你在纸上挽留那些光的留白

伟大的赞歌有时只需要低吟

命运漫过的苍凉

都可以忘记。太阳和月亮都在吻合着你的心

胸口的浩荡没有徒劳的爱

如果还有一只鹰隼飞过

翅翼掠过云彩

它悬空的高度也飞过你的内心

高远之间

越过河流的秘镜和历史的釉光

隐秘在生命的昼夜间

你经过这些光的耀眼和毗连

也像对语着过去和未知

去理解那些宽泛和宏大的叙述

胸中的火焰也是日月的恒温

你在所有的片断间获得一个哲学的

叩问

和真理的甄别

菜畦里的光

围绕向高处的藤蔓也在低处生长
没有局限的光
只有更多的奔涌也像天空的星系
将大地密集
抖动的花朵一如种子
回到预知
闪电下疾走的马匹与一条河流重复着
歌唱
你回到它们的中间，匍匐的心也在攀缘着那些
风中的颤抖
像释然了生活
菜叶泛起光芒，编译为庞大的
穹隆
蛛网粘连着轻风
世间的爱都在摇晃
我知道你在那里也是寻找故乡的影子
起落在那些叶脉上的
炊烟
以及雨水中河流的咆哮
都从一片菜畦盘踞
菜叶的按语也在抵达乡愁

雨水

天空更为明朗，节气之间什么是一次真的到来
冻土包裹着时间的硬骨
春天需要缓慢唤醒一些事物
雨水垂落在虚无之间，好像它只是想象的一次
到来
只是去相信那些水汽，水声
催促着种子的烈焰有了依附的源头
火的形状也像生命的滋长
万物有根
爆裂出大地的伦理
都像一切的朴素之物
雨水起始在春天，并掀起一条洪流
通向内心也像寂静
消弭冰层碰撞的破碎声
仿佛只关乎一条向上的道路
或者来自信仰的天空
一场雨水可以
注解事物的全部意义

玫瑰和天鹅

扩张着热血有了花园和天空
天鹅的飞舞
在时间之中摇曳
灵魂低唱在无边的草木间
我去诵读叶芝的时候，也会去关爱一次自我
过往漫过流水，我爱的从未有过更改
密集于枝叶上的光
屏息着我的爱名字
但我一定要说出那些蜜语，天鹅飞出湖水的遥远
雪山的大地
它以爱冒险和无限翻阅

玫瑰藏进了热血，海水的辽远像牧场
天鹅也是心灵的部分
天鹅明亮的喉咙
以爱带着光彩的回旋，也像玫瑰的渐次怒放
多么的好
海水翻滚的波光无尽于变幻
玫瑰和玫瑰的花语处于永世的高贵
向着灵魂昼夜靠拢

他乡的夜

历史的图腾凤鸟在飞，龙也在飞
夜色中的乾坤古老的事物都在醒着
历史的褶皱埋伏向更深的历史
大地的史诗从一朵牡丹花上读取
夜微醺的光阴
每一个花瓣都如历史的光影在卷土重来
你站在他乡读取故乡
月亮也是英雄之心
蚩尤站在最老的河床上，战神身披星辰
牡丹花擦亮的刀剑，他的征途永是璀璨的
你去读每一个闪光的灵魂。历史接踵着历史
凤鸟栖落在平原
龙藏在更深的人间
牡丹花托起的世界，是那里所有的灿烂
时间没有尘埃，光回到光中
牡丹园包裹着尘世，也包裹着每一个永夜
你在那里聆听历史的响彻
也是时间的圣歌，永不停息

流苏的白

蓬松的光带给我们松弛的羽毛和翅膀
大地的骨架我们找到了灵魂
白色的赞词等于月光
美的审视我们的视觉都回到一场春风的吹袭
中，拓宽的视野回到一场雪
枝头唱着圣歌。典当的昼夜
大海的界面也如花朵
叶子的滩涂掌控着柔软，你看到的每一片叶子
对我们都有了大海的款待。灵性的鱼跃出水面
海鸥从胸口飞出
对应的事物我们都找到出口和天空
流苏树燃烧为铁花，白色的修辞纯然为
一张白纸。我们在上面写下的和能够
写下的是诗句的滚烫和生活的明净

月亮

明亮的事物带着神秘，遥远的天际
我能看到的都告诉你
夜隐藏了的可以不提。百年的孤独
藏入大海。马尔克斯的小镇也是一座孤岛
幻觉打开的炼金术，玫瑰在石头里开花
月亮出没在不同的时代。世界之中
是同一枚月亮。星辰归入大海
我在走进茨维塔耶娃的世界。饥渴的胃
她在找一块燕麦面包
蔷薇爬上庭院。世事无法让她安静下来
东方的月亮升在了西方
星星在溪水中打磨得明亮
都落在了纸上。时间的契约是无限的
济慈的夜鹰鸣叫在月夜
翅膀上的爱情都是古老的话题
也是不变的话题。在月亮的柔光下
我看到的世界在世界的任意位置
高涨的海水无法推翻的境地
也是我们永远想要的部分

睡梦

蜷缩着身体回到水底，梦逍遥
在夜的湖水。什么都奇异
困兽像醒来的狮子，喉咙装着流水
牙齿咬着一枚柔软的月亮
梦中的我
脑洞开合。斑斓的星辰如萤火在飞
光从镜子中隐现。爱也在含情脉脉
困意是梦走向深处的记忆。蝴蝶飞向麦田
海水淹没了暮色，孤独被抱进睡梦
大海的巨浪在鳄鱼的口中吞咽
蚯蚓是最小的诱饵。掉进深渊是我不想醒来
狐狸和麋鹿同样在森林中飞奔
我们互通着幸福。我也喂它们干草
太阳落在头顶。我会看到割草的父亲
从一条路上归来
人间没有生死。我和一群生灵都在
迎接我的父亲。梦的原野在天地之间

雪的词条延伸着
事物的圣洁

菖蒲发芽

力量中的挣脱，它在向上
冬天中的荒芜它在否定冬天的一切
黯然的事物已经不复存在
绿色的叶脉以柔软打开自身的光
时间中的成立将是一大片光
我需要那些倾覆，遍及向语言的湖水
也像一片菖蒲在思想中缓缓生长
叶子浮动着安宁
与之顺应的是命运中的所有沉重
都视为轻盈
我懂得了出世的哲学，更懂得了自己
大片的叶子包围在自我之中
叶脉翩然着轻的更轻的幅度，时间中的摇晃
我在肯定那些虚无一样的天空
它有力的支撑也如一片菖蒲的每一片叶子
我无法无视草木
也如我无法无视内心
时间的春秋
我在与一片菖蒲虚度，也从无虚度

山樱桃

果实隐喻在花朵的背后
一株山樱桃迎合上内心的山水
故乡不远。花苞点燃的时间
时间滚烫。我的父亲种下的山樱桃也如
眼前的这一株
他曾告诉我每一个花朵都不会是谎花
果子会很甜
我看到蜜蜂在采蜜
甜蜜在流动
我想到满树的樱桃，也想到每一个果实的晶莹剔透
正如父亲说的样子
春天之中我相信万物归来
在他乡和故乡没有区别
只是我的父亲他如何再现
他曾拿起镐头刨坑种树，他浇水
时间庞大的根系他留下来一些樱桃
树，也是每一株山樱桃
我的痛在那些盛开的花朵上
无力挣脱

水杉

夜的静穆，是夜色的一部分
春天催动的修辞在每一片叶子上
高处的光亮传递着虚无
夜斑驳了另一种柔光
向上的审视，在高处更高处
神秘和神圣同时在招引着一对翅膀
夜色中的力量往往不是因为黑
而是因为光
思想的鳞片因此在闪烁
夜的炮制是一棵树打开的语言
有了海水的苍茫
夜卷起的舌头探视的也会是伤口
我在被某一片叶子触动
我想起我失去的父亲
被什么庇护都将是一种掩盖
每一片叶子都在我的头顶
水杉极目在无限中
天际远过了想象又回到想象之中
我又觉得父亲不曾离开，这关于夜色的诗
他也懂得

迎春花开了

最初的发觉你也是在用一颗心探勘
冬天的坚不可摧已经遥远。冰回到水的形式
时间柔软的枝头
也如抽象的河流，注入内心
我们聆听
春天的声响可以无声，没有谁可以否定枝条上
飞瀑的造势。春天的脚步马不停蹄
花朵打开的光
是我们看到大片的灿烂
一花一世界。每一朵都有它庞大的范畴
诞生的事物都是新的事物，也是旧的事物
一朵迎春涵盖了冷暖
一朵迎春包裹了过往
春天之内我们赢得了所有的时间和柔软的每一瞬
迎春的枝头在风中轻拂
柔软的彼岸我们从未远离
大地的哲学无须思辨，我们也将一颗心
全盘托出
依附向万事万物

绿牡丹

错判的天空也有一片绿牡丹
我看到的永夜发着祖母绿的光
太湖底下有发光的鱼刺，我把所有的光
都当成寻找你的理由。牡丹花下千年的狐狸
抱着孤独，皮毛披着千年的月亮
人间美意如何来懂。不同的天空有同一个书生
马匹飞过云端他也在别处
误判的翅膀成为夜的影子
古老的山水成为他乡的虚脱
我不知道的错误也成为夜的黑洞
如果黎明也是假想的光明，绿牡丹挫败了整个时空
我站在花朵的边缘无处可退
我请穿汉服的书生和我一起站在那些我未曾
预知的世界
蝴蝶的风暴归向春天。光成为我依靠的方向
黑夜之中的寻找也是向死而生
牡丹花的绿呼应了所有的新生
爱在痛中燃烧。花朵汪洋着大海的宽恕

晚樱开了

遗落的光在重建，你忽略的枝头点燃了往昔
人间的盛宴我们交出孤独
瓦解和站立都向着风声，春风吹袭的柔软
和花朵的柔软没有区别
刀具总会露出寒光，我们也在避让
生活中的尖锐
湖水带着细微的波纹，我们去抓住虚无
找到流动的灵魂。春天之上是一切事物的
酝酿
我们爱上的花开也是花落
花朵上有落日也有日出
大海翻转过枝头，又回到枝头
我们看到世事的灿烂
光打破了所有的局限性，我们在花蕊上
轻嗅
蝴蝶迎上风暴，人间有焕然的翅膀
命运开合着花苞
时间之上都如春天
语言的陶罐用来抒情，世间能惊动我们的只有
爱

小杏

凋零的花朵成为最后的果实
我们的期待也在长成内核
小的或更小的果子膨大向时间
太阳的光照成为它甘甜的理由
这些是我们的肯定在一场预知中
暴烈的马蹄踏过枝头
夏日也在来临
时间的缓慢和疾速都在我们的热爱之中
构建
田园的生活将成为另一种依靠
我们的缺失总是在寻找
一块土地成为故乡
一棵树成为故乡中的一个碎片
春天在成就着我们所有的理想主义
爱从来不是一场虚无
奔赴向内心的狂澜是我们为小小的事物
震颤
世间没有任何渺茫，我们也在用一颗心
和万物抨击出
星星点点

梨树

去定义那些洁白，花朵留在思想之中
季节在风声中引退，我们能抓住什么呢
过往在枝叶上转身，时间磨砺了意志
春天在走向秋天
你看到花朵结成了果实，缓慢中的静止
只是时间在纵深中越过自己
它在生长有序的膨大是你看到的果实
轮廓贴近内心的寂静时
我们无法探测的生长依然是草木的幽深
秋日在日晷上滚烫
甘甜微醺着大地
一棵梨树的诗史一定是它回到了古老的叙事
祖父种下的一棵，你去用一些回忆走向
过去，醉意是我们永远无法摆脱生活的
深井
用一些爱淹没，也用一些爱浮沉

草地

草叶浮动
柔软来自外部的世界，它的内部强大着自身的
力量。大地的激情从深渊中涌动
生命的垂问从一粒种子开始
野性的思考，思想中装下荒原
火的烈性是天空的灰烬，大海的源头一定是无数条
河流。一片草地通向旷野
世间的法则都是生长，我们用草叶来探测秋天
果实成熟种子落地
起伏的命运都在现实的完整之中
时间的输赢被爱瓜葛
我们能留住所有的历史，草叶梳理着乾坤
过去和现在都在永恒
大地没有框架，局限从未存在
你看到的草地也如旷世
宽解着人间。不会荒芜的人心
在万物中得以安慰
风声柔和向一片草叶的外延
我们用爱立意尘世

芦苇

茫茫之中没有尽头

苇花界定了秋天的意义

轻之又轻的也会是你的心

对于世事无欲无求。或者我们也在试图

做一个空心的人

与一片芦苇站在一起

时间浩荡

穿梭的事物都有它的承重

我们可以不计一切的复杂

忽略的也会自身

你看到芦苇荡漾的波浪

它在用一种轻推动着命运

放空的世事都可以轻如芦苇

加沉的铁

只是时间的烙印

风倒向一边。倾覆向世间的力量

似乎又不需要力量

一种轻在横跨着人世间

东方白鹳

尘世柔软在它们的翅膀上
打开或闭合都在轻掠你的心
辗转在高处还是低处是它们在和你达成
一种亲密
爱是无须提防的，它们在飞
天地的宽泛也在赐予心灵的境地
湿地之上你能够获取的都是它们
所抵达的
好像你也是它们
轻过身体的命运可以不用与世事抗争
顺应于心的都是远方
鸟儿栖息向心灵之所，无欲无求
大地的尺度被羽毛擦拭
时间的深渊在一切的热爱之中
你和它们站在一起也是和它们一起拥紧
万物
湿地寂静如谜
能够解读的只有柔软和无限的柔软
对于尘世的锋芒不需要作答
因为它们已经忽略了一切，你也是

立秋

昼夜平分着这一天，父亲依然对世事
无动于衷
他好像拥有的都像黑夜
漫过大地的肃穆和辉煌都迎向他的沉睡
黯然的表达只有他坟地上的风吹草动
他不会再在秋天赶往果园
驱赶一群喜鹊
甜蜜的果实在酿成酒
父亲也不会因为什么而醉意大发
摇晃着这个灿烂的人间
他和这个秋天毫无瓜葛
决裂着一些爱只是我对他的痛惜
秋风转过冷暖，冬天的冰雪在我的身体中
降落
没有了疼爱我的父亲
在这个秋天我反复地绝望
一些忧郁总是会像云团笼罩
我需要他的一声痛骂或呵护我的话
哪怕一个断断续续的咳嗽
来重新靠近我

雨中的藿香

焚燃的火在紫色中缭绕，雨无法熄灭的
风也无法熄灭
风的猎捕也像一场风暴
刀口在秋色中深入，插入再拔出
消音了风声的撕裂
风在搜刮
但爱在歌咏，风的暴行只是风的
刀痕
擦拭的铁水也是火焰的真身
风一定会止于吹袭
柔软从波浪里再次卷来
花蕊在雨中燃烧
定然在自我的梦境，大海的马蹄
解救了孤独
它治愈人间的苍茫，我们都在倾覆一个
花园
在无限的虚像中接近自然的真相

河床

流水掀动着大地的表象

和大地的真相

冲击向历史的可以是古老的石头

或者石头就是历史

一块石头就是河床的整体

它也在搬动中慢慢少了棱角

时间的洗礼蕴含古老的箴言

压低的命运始终在命运之中

风雨的告慰只是在翻动着它的肉体

什么都是沉默，沉默的真知

是历史的豁口越陷越深

石头移动着命运

流水越过命运

我们去推敲所有的存在

一道河床的经历，归集着年月又在无影无踪

只有石头和石头的对立

沙砾和沙砾的默察

你走向近处，也走向远处

一道河床对应着不同的历史

又是整个历史

桔梗花

一朵白簇拥着许多朵白
可以摧毁时间所堆积的暗伤
好像它们也摧毁了大地所有的密集
可以击溃一块寒冰
以及锋利如刀剑的所有硬物

一朵花和许多朵花罗列了白色的圣词
洗劫着时间的空
万物不需要暗语，在那些花朵上
解构着一张稿纸的白和轻薄
像一首诗的完整和不完整

遥远的搬运世界达成了审美的和解
谁一再深爱那些柔软之物
缝合历史
去弥合着世事的暗淡
歌咏着它们的怒放

贴着词语的行走
一朵花毗连着另一朵花
也像占据了所有的色彩
抵御了时间的虚无和虚无之门

经过入海口

无声之中一些水在晃涌

我在车上，经过了它们，也被它们经过

打开的胸襟我能装下什么呢？好像感觉到

那些水缓缓流过来，带着冷寂的蓝

命运之中我既不用抒情，也不用冷抒情

仅仅是以平静被它们经过。它们带着什么经过了我

天色渐黑下来的时候，万物暗淡

模糊的光阴好多事物我都已放下

父亲这个词我已许久不提

车继续向前行驶

海水从我的胸口又好像掏走了什么

但波浪和锯齿都是无声的

又赠予了什么

蓝色的水面又几乎没有什么变化

因为那些辽阔的寂静

好像身心都在大海之中被穿过

又无法表达。仿佛对着时间哑然

去契合那些涌动，又好像将自己梳理

也否定了得失

雨雾中

像进入了另一种时空
时间一片潮湿，幻觉在打开
事物都可以带着假象
也可以不用去猜疑那些存在
一棵树的挺立如父亲的站立
形影相吊的我不再用说出孤独
而世间我好像也没有孤独
雨雾遮蔽着一个更大的世界
我可以看不清远方
也看不清世事
雾和雾的衔接没有缝隙
旧伤和隐痛也在一同消失
我知道大雨可以使我清醒
雨声滴落向我的疼痛
但雾可以隐喻所有的悲伤
大雾之中像父亲还活着
他也在大地上走动，他也走向春天的果园
看花苞从枝头上长出，预计着一个长远的秋天
我也可以不用擦拭眼镜
只凭直觉知道父亲就是在雨雾之中

佛手瓜帖

去栽培它，时间在它的藤蔓上延伸
美的虚无也是它的花朵
预判着所有的丰硕
我们去确认着一场热爱
时间在它的叶脉上诞生并延展
渺小的一株会成为庞大的一株
时间的河流像隐藏在它的内部
可以不关乎那些流动
只去在意它的蓬勃
像盛大的事物从内心开启
有了广袤和无可阻挡
我们去灌注它，像阳光的普照
时间荫翳着更多的柔软
也在掠去世事的坚硬
总之，它们可以随意生长
去顺从所有的事物未来
未知也是已知，种子和果实都在甄别圆满
我们也会倾覆向它的丰盈
时间的造物悬挂着更多的惊喜
而我们似乎还在诉求更多的
它在之外的抵达
像思想也在随时放牧

流苏花苞

含苞的花朵定然要怒放
我们可以放慢速度去等待
从不迟疑它的白和那些随之而来的纷纷扬扬
雪的词条延伸着事物的圣洁
由内到外，洗礼也如春天的教义
伟大的声音也是花开的声音
它们好像也在我们的内心开花
响彻着某种力量
或者寂静无声
却在使然着风一般的呼啸，一些抵达正是我们
要迎接的，也是我们要寻找的
太阳按语着光芒
一树花苞呈现着春天的完整
光芒的肆意暗合着思想的高涨
契合在那些美意之中
我们从不拒绝它的任何一部分
风声如流水或者无限的白净通晓向真理的
质地
一切都在它的丰饶之中

花椒叶子

论证一定带着确凿的风声
叶子上泛起的光也像波浪
雨水给以了另一种生长，你还没有去过时
便想象到雨后的繁茂，时间总是无法挫败
意志，那些叶子延伸的也像某种渴望
像在荆棘中行走
也像从冰封中站立，韧性在形成
我们渴求一切的光明在时间中招展
像那些叶子
泛着油光，摇摆的方向也一定有向上的方向
日月的轮回在事物的上升之中
当你再次走向那棵花椒树，时间的变幻
也像光的诞生
光的抽出
好像我们不去预期果实，便相信而后的果实
枝叶之中的饱满也在春天之后
希望和生长是一棵树的本意
只是一片花椒树的叶子也可以局限着我们的爱

榆钱花

花朵的簇拥让春天更具有意义
生活的教义我们总是在摄取一些事物
慰藉成为生活本身
或者我们在延续那些传统
在最深的命运之中用爱咬合
那些不变的往事
榆钱花开过时间的荒凉
不会遗忘的日子也在光阴的跋涉之中
父辈们爱它，我们也爱
一朵花的重量在血液之中
循环
爱的布施是它在向我们赐予
永恒的温暖。时间的枝条上一片
丰饶，铜钱的形状叠加着爱的旋涡
时间是时间的花朵
它们盛开在大地上的每一处
也在扇动着爱的火焰
我们会把每一棵树都当成故乡，大地之上
都是我们的家园

象群

它们在走动，也在栖居
大地之上都是它们的栖息之所
吞咽着流水和时间的丰美
它们如此钟爱这个世界
广袤之中它们可以一直行走
爱没有尽头
当我在臆想中去靠近一群非洲象
一张稿纸也是它们行走的原野
只是我知道
风暴和雷霆也是它们的屋顶
力量总是来自自身，它们可以不看天象
永远在自我
庞大的队伍，庞大的身体
是它们自身的祖国
时间是它们胜利的象征
延伸着自由
如果靠近需要更多的爱
一首诗的抒情也会像它们眼睛中的
河流，它们吮吸，它们游弋
它们在爱中繁衍
也有了无限的生息

丁香花

春天之中我们有措手不及的爱
你看到它们盛开的花朵
那么接近于一场火焰
花朵吞噬着万物的缺口
我们被它收复，幽香也像海的浮沉
孤独被扩展，而世间的完整由
许多的不完整组成。风如期抵达每一个
生活的碎片，棱角被忽略
也被默察。花枝摇曳在高处
我们在交出一些直觉
涤荡的像思想也像灵魂
春天趋向于内心深处
而梦境也会被现实反复瓦解
只有离理想再近一些，才可以走向那些圆满
你也在向那些花朵倾覆力量
来自自我的深意
和占据，深解和意义都如生命带着光解答
热爱也无处不在

茉莉花的芬芳

总是可以沾染到那些洁白
风的吹送
波及的事物似乎都会一片洁净
也包括我们的心
一朵茉莉无形的流放或盘踞
也像海水的无数淘洗
在低处在高处，它是以声音占据着
生命的立场
感官被打开，无法闭合的追溯
是我们一直生活在信仰之中

流溢着美意可以没有色彩，白到空无
茉莉花透过任意的时辰
是存在的拥有，又无处可寻
它将嗅觉打开
也像一个远去的行踪，我们沿着那些芬芳
正在获取所有消失过的事物
一如姥姥种植的一株
那个古老的庭院以及那时的星火和河流
也一起涌来

木槿花帖

寂静中打开的尘世，你和我都在它的
包围间有了归乡的路
也通向你的车站。庞大的生息
在平原
野草匍匐般生长，人群中来往的
亲人他们也在等着一种可以让他们回头的
爱，姥姥和母亲
她们也曾是木槿花般的女人
拉着你的手经过一个个夏天
爱一定在臆想之中
你看到一树的木槿花，也想喊着姥姥和母亲
对应于世间的空旷
是的，可以沿着那些花朵乡愁密集
车站在书页间被历史穿梭
贯穿着一些路的擦写和建立
只是那里一定有木槿花
站立在虚无的时间中，用来意念一些
得失
和一些回忆

成群的鸟雀

它们像一阵风的席卷

吹向它们自身

天空好像静止只有它们在动

我的心也跟着在旋转

它们在天空回旋着一种轻柔的力量

向我袭击而来

我需要跟得上那样的静动

是不需要挣扎也不需要挣脱的境界

任由着它们和一颗心

它们从北面又飞到南面，成群的鸟雀在飞

数不清有多少只

事物繁多得像无限

它们不会发觉我在观望它们，好像我们都像一个点

一个符号

在各自的位置

我也有小于它们的心，这样驰骋于一种境地

去深解着命运的意义

一群鸟雀我还没有确定它们是什么鸟（麻雀还是喜鹊）

但它们都经过了我的心

像停泊也像久留

冬天的女贞

黑色的浆果像星辰的点缀

冬天单薄的枝头似乎只有它们了

大自然的造物井然于秩序

我们企图越过现实

与苍凉的冬天对弈

冰面冻结，草木颓废

什么在无尽地流淌

你知道女贞的果实也是药膳

从火中取暖，像从古老的词义中

延伸着火焰，也像从它自身的谦卑中

瓦解力量

鸟雀在那些果子上觅食

它们懂得还是尚且懂得

只是我们知道那些果子可以入药

补救于身体的缺失

也像血的热烈回流着火

火的热情，消解于寒夜的雪

体内没有寒凉

滚烫的词性它可以用来救赎于人世

古老的药罐里陈放着一粒粒女贞

它和树枝上的没有什么不同

抑或我们也像退回至一个古老的冬天

雨的天空

去严格那些意义
秋雨越过了夏天，消失的事物都像一个
声音又没有一点声音
蝉不再鸣叫，它还没有向我们告别
世界似乎只有雨声的点缀
秋天的抵达
我们在那些冷风中震颤；
你看到的石榴的火焰燃烬着漫长
雨的寒凉划定了事物的界限，瑟缩之间
你会想到那些果实的饱满
像时间的另一些意旨
收获在秋天的枝头；
雨确定了一些命运，又在笃信一些色彩
仿佛染色的未知都在雨水的背后
你走在一场秋雨之中，伸手去接住那些透明的
引线
内心澄明
我们在一场雨中保留着淬火的心境
哪怕冬天即将到来

茉莉的浓郁

秋天深入在草木间
轻嗅着时间的深刻，席卷而来
是再次认证的浓烈
一株茉莉
胜过一场大雪的白，花朵的风暴
可以以气息命题
暗藏的中心有了漩涡的浪涌
你也会为那些白色止步
被那些洁白收留
一朵花的虚词茫茫于一片空无
又兑现着它的存在
草木没有伪命题，延伸着感官都在
攀越
像获得了遥远的一个梦呓和现实的
繁复
大地的利器似乎没有什么可以与它对等
柔韧的又在与命运弥合
你在那里站了好久
语言的骇异也可以只是一些
沉默。像内心收紧的
万般颤动

冬枣帖

甘甜在发酵着
并赋予一些意义
好像从一个枝头摘下的一个秋天
世间所有的享用都如恩典被注入了命理
有了它的不同之处
地址里的馈赠，它们都有各自的出处
一个果盘处于完美主义的
摆设
它还未曾提取一杯酒的甘洌
熏染着昼夜
你接过它的所有，像向着一个村庄赴约
大地的颂词
都和那些朴实相间
隐喻的论述
一棵树如一个故乡
你也会依稀看到事物的旧影
种子扎根着一些孤独的间隙
一颗枣
有了形而上的天空

民宿

石头还原了原始，粗劣的美也在磨合身心
那里有密不透风的日子
篱笆矮过了梦境
棉花在院子里开花，轻的叶子
正在浮动着我那轻易出走的灵魂
我在那里找到的也像熟悉的旧址
我每一个院落寻找姥姥
她的小脚迈过每一个台阶都留下了时间的光
一些痕迹在爱中清晰
她缝合着生活的所有漏洞
用一些咳嗽声和另一些咳嗽声
陶土装下的缺失和圆满都在深入心灵
流水冲洗着的岁月似乎露出的都是生活的底片
如果你来过，你一定会觉得那些真实存在
那里的生灵也在觅食
也是姥姥放养的
世间的爱都是相同的
似乎所有的打造都在让我相认
故乡、姥姥以及那些深藏的旧影
正从爱中走来

蜜桃帖

火退下了热潮成为秘籍的甘甜
暴涨的时刻
昼夜都普及着大地的丰硕
一朵花蕊燃烧了春天的时光
遗忘的也许都在收留
花朵回到了果实
火焰击退了困境
光阴的螺旋阐释着不同的真理
我们站在一棵树之外被生活款待
时间之门从每一个桃核封锁
暗处的光在奔涌
又在成形
内核爆发着是另一个春天
它蜂拥了一个秋天的高涨
你也可以摘一个桃子，成熟的时间没有阴影
吞咽着它，或是咀嚼着它
是重新辨认着一些花纹的密语
从春天诞生
从秋天完结
人间的盛世无非就是这些伸手可及
的甜蜜迂回

眩晕或顿悟

幻梦的思想隆起的像苍穹
有了更多的秘境
出入其中的是另一个自己
或者这只是一些偶然，一如一个瞬息
你转向另一个你，放空的现实
都在漂浮，像大海托起的
天空，不需要力的挖掘
只是一面镜子走向了另一面镜子
你也会迷离于那些时刻
凌乱的事物让它下沉着沉重
也像船体沉入大海。你只走向你
不用走动身体也在自行地旋转
方向里的辨认你再次看清
一些必要的游弋
梦幻在打开
向着高处
空空的也像一种溢满
当你再次向着烦琐的事物归集一些
思考
一些沉默
顿悟了一个正午，也理顺了一个秋日

半个月亮

与那些高悬相对应
我们一直在追溯着的是什么呢
光阴的流动它轻到无声
月亮转过流水的尺度
我们看到的光也在流水之中
夜的深渊是我们看不清的现实都拥有了
朦胧的力量
你看到的事物都在加深着意义
草木退向月的光影
它柔软在一首抒情诗中，墙体退向了古代
被命定的诗性都可以说服我们的心
去迎合着一枚月亮的远方
半个月亮的行走，也是一个月亮的圆满
月圆月缺是我们从不会挫败的柔性
以光为引子布施向万物之中
能涵盖的词义都是时间的踪影
我们抬头，我们低头
去寻找一个月亮的雏形是光的
延伸和光的毗连

黑猫

黑色的走动，它像一个幽灵
牵动着无边的黑夜
它比黑夜更黑
黑光在它的身体上
燃烧。秋夜微凉它又是如此的暖
我的身后空旷，它穿过，它越过
都没有声响，跟上它的
是我一颗孱弱的心
人间的疏离我有死去的父亲，一只黑猫
和我行走在小巷
没有人看到我和它
我的身体有搁浅的疼，被它用那轻盈的步子
轻轻带过
也如擦拭去了一些什么
在那个时刻我记不起什么了
失去和抗争的，富庶和拥有的
都像被一只黑猫的身体掩盖了思维
我的思想之中只有它
眼睛里装下它的黑亮剔透
正沿着黑夜弥漫
只是它走向更远时，我还是用一些旧伤
等它回来

灰椋鸟的天空

小到玲珑

却可以扩大着无限的天空

它鸣叫的早晨

黯然的事物重新焕发生机

用一些爱去辨认它

故乡从不遥远，它飞到哪儿

哪儿就像故乡

乡愁里的河流，我们都在通向内心

秋天苍茫

灰色的羽毛如果也在点燃孤独

我们只会向爱低头

它如果从我们的眼前消失了，它一定还会

再飞回来

空的枝头上有我们单薄的心

它懂我们的柔弱

人间的安慰它只需要轻轻地飞来飞去

再轻轻地落下

停顿或驻足

都在与我们彼此缠绕

空了的柿子树

秋天最终还是回到了一种空
或者柿子树它只是树
叶子也会被风声撕扯掉，走向冬天的
镜子。像一场虚无之间的进退
我们接过的烂漫被色彩定义
塌陷的甘甜像一个黄昏的陷落
遍及在秋天的册页上
退向现实的本质只剩下它的
坚硬质地
回到一块冰的锋刃上
树只是树的倒影，庄子的蝴蝶在重新
复活春天，冬天的马匹在风声中
嘶吼，我们顺从命运
冷的包裹和一棵树的空达成
必然的归属
好像遗忘了柿子下的流火
和火焰的老虎
时间的本质
我们都在绕行一棵树的
庞大立场去叩击生活的
多重意义

雪的词条延伸着事物的圣洁

枫叶红了

看不到的点燃好像瞬间的点燃

引爆的山水颠覆了秋天的冷寂

我们急于言说一些什么去附加着秋天的意义

岩浆或篝火，史诗或简史

大自然的颂词似乎要从古意中来

再回到现代之中

或者仅仅是我们的心无须包裹

袒露在热爱间

也被秋风吞噬

霜的针剂，秋天醒目着事物的初衷

我们能够抵达的似乎都被它们阐明

枫叶的棱角立体了爱的宽泛

风吹起的浮动，我看成蝴蝶的翕动

从一个旧影中或从一个明理中

诞生着爱的

真理，大自然所论断的不只是生命本身

更多的真知在融入时间

又被时间送出

我们的眼目装下了一个秋天的完整

思想的高处

寒凉的事物都需要火焰的围捕

一枚柿子的山水哲学

是我们都被生活梳理得到了

一些甜腻的爱

高处的悬挂也会

滚落向内心的荒野

红色的立场像秋天的宣告

它对等于无数个天空

倾覆于那些色彩，是我们远远都被它掏空了

一些现实的碎片

得以完美

雪崩般的坍塌是时间从它的内部开始

而我们拥有着秋天的完整

你去摘下一些，可以遗忘了黄昏

也可以摒弃黑夜

一枚柿子的春秋也在史诗中

悬浮

灿烂的果实总是可以解读出更多的光

火隐喻了太阳

我们都站在了思想的高处

大风吹来

倘若它顿时停息呼啸，好像还有一种流动
依然在穿过我们的身体
我们被大风洞穿
没有什么可以深藏不露，晨光中的熹微
和鸟鸣的余音一起到来
你聆听着风声也像观察事物的每一个侧面
叶子在风中翻转，秋天正走向冬天
在大风中顿觉时间的拐角也像河流跌宕在
树丛，风吹袭着时间又在制造时间
明亮的隐喻刮走事物的阴影
你看到的都等同于明亮
树的刀锋渐次犀利
它不会保留最后一片叶子，树冠透过云彩
也像一些旧梦在重新穿行
一些镜像只需要被风移动
动荡的枝头好像有不确定的距离
我们又在拉近时空，用一首诗捆绑

时间之中大风可以任意地吹袭
我们只需要任意地感应

灰喜鹊的天空

好像一声啁啾便将世事隐现
它们正向着事物跃出
扩长的光倾覆过来
爱一样的沐浴，它们用羽毛也用嗓音
你在树下寻找这些精灵
羽毛扇动的虚无，也混响着风一样的低语
灰色扑棱向天空
它们又像从我们的内心飞向那些高处
它们随意地飞来飞去
有我们不去限定的时空
一只灰喜鹊和另一只似乎没有区别
我们只用羽毛和声音来认领它们
还有看不清的眼神装下世间的斑驳陆离
也在它们的歌唱之中
你用一种寂静去走近它们的自由
它们也可以从高处飞下来
对视于一个此岸和彼岸
又好像穿过了彼此
我们是它们，它们也是我们
走动在大地上

落叶

像风的使者它们被风送远

无序和有序都属于秋天的形式

一场风惯性于它的撕扯，枝叶有了更多的

摇动

时间的羽毛跟着落叶划行

时间有时也会一片狼藉

我们同一棵树站在一起，裹紧的言辞

战栗着那些火焰的激情

以及风中的哲学，一场大风的追想

带着螺旋般的形状

时间的断面隐秘着花纹

风中的周旋，思想的触摸好像都与我们有关

大地上的流动都在漫过情感

湖水卷起的鳞片

都在缓慢地走向我们内心

你看到的无数的叶子在落下

也像无数的叶子重新生长

我们沦落的热情也在走向春天

树枝入门

折断的草木还是草木的本身，大自然的词条
回归于一场烈火
树和草木像大地的脐带通向时间的肋骨
葱茏过的时辰在冬天完结为一片寂静
枝条沉落着落日
当你捡拾一支，便叠加了火焰的高度
杏树的残枝只是时间的一些取舍
草木的哲学写下光的证词
每一支都通向了光明
篝火驱逐着寒凉，灶膛火热的慰藉
我们何曾远离那些围拢
从冬天的枝头施舍过的恩惠
或者不去诠释那些意义
只是冷意加深的庇护
好像荫翳一片丛林的风口
你垒起一个草垛，重复着父辈的动作
时间之内的滚烫
跳跃着他们的存在

冰层

冻结的词性有了更多的明亮
尖锐划过薄弱
一块冰的造物在与什么对抗
冰水膨胀着时间
浮沉的时辰又好像返照在镜中
我们回到一种弱小或强大
一个孩子或是一个智者
时间的哲学我们只善于用爱剖析
对弈于冷的只有火焰，鲤鱼游在水中
它们爱那些冰层以下的暖
红色的尾巴摇摆向我们的心境
冷暖之间我们也在向着冬天
交出热情，冰层之上的建构
正是一首诗的长调，绕过历史的河流
有不曾改变的初衷
赐予的辞藻可以
更为透明，割裂的冰层
依然属于语言的裂缝，被时间拥挤

白菜简史

捆绑的叶子始终密不透风
历史的微尘也无法抵达于它
只有白色的象征可以宛如它的告白
月光的白笼罩于它的内外
太阳的神色落在它的外沿
棉花盛开的苍茫围绕在它的寂静间
推断为冬天的到来
方寸之中我们也要交出一片炽热抱着它迎向
冬天的风口，它的生长完结着一次伟大
如何去细数那怅然于秋天的细微之光
缓慢之中的又像一个瞬息
它们膨大的时间等待我们去重新啃噬
用一颗洁白之心
豁然于它们的光，我们有了更多的光
时间之中不会有徒劳的爱
你从一粒种子开始祈祷着所有的洁白身世
是它们，也是一片世间的安然

鱼苗

像一个时间的复数，它们繁衍
它们密集
数不清的游动都在游离着人间
数列里的无尽
好像一条河流接过另一条河流
一片湖水接过另一片湖水

鱼群破晓的暗夜一定是闪着微光
不同的鱼类，它们又是统一的
色彩，鲫鱼还是鲤鱼
可以从最小的卵中命名
囿于所有的编排都像是神赐

放养着它们，时间的延伸
归入同一条河流
或同一片湖泊
雨水沉落着一枚落日，也升起一片星辰
月光的虚无它们也能穿过
世间的生息，似乎都在它们的脊背上
延伸着
一些归结于灵性
一些归结于慈悲

静谧的山村之夜

闪烁的星辰点燃天空的神秘
浩瀚之间人心很远
又很近
一些光在共通地引领着我们，像惯用的闪电
瞬息间的开合
使一些思维的模式有了雏形

夜的深浅由一些蛐蛐统领
起伏着一些乡愁，微醺在一个街角
使我们痴迷在那些吟唱间
不会停息的弹唱捆绑着我们的脚步
走不出它们的缭绕
像一个梦呓，带着幻觉

在这里安顿劳碌，可以整夜醒着
历史的磨盘依然可以碾出时间的谷物
相同的错觉
我们都在他乡找到了故乡
仿佛祖父正是那个坐在石头上的老人
他等我们归来
也送我们远去
在夜色朦胧中归乡，我们以泪洗面

喜鹊

它们轻过尘世的翅膀仿佛取舍了过往
寂静打开的世界
天下无争
它们鸣叫着低音时时穿过心灵的某处
孤立的自由好像是我一直寻找的
它们不害怕我的靠近
好像我也是它们中的一员
一只喜鹊艳丽着浅蓝色的羽毛
翅膀竖起良善的语义
它蓬松着人间冷暖
迷离着柔光
不止一只，许多只这样的喜鹊
美到无可挑剔
又像一个恍惚，只是我一再地确认
它们的存在
以柔软与我相撞
以轻慢与我相宜
它们在这里飞了多少年呢
清朝的灯火照着它们飞回巢中
我只是期待它们像一个个符号驻留在
我的诗中
给我明亮的惊喜和几个世纪的
回应

玫瑰的秋天

我爱你，玫瑰含苞在秋天
时间的信条送来的马匹
使我想沿着一个旷野去找你
灯火打开的旧梦，想你一如世间的蛊惑
爱从来都在深处蔓延
秋天送来的寒凉也是火焰
谁都无法熄灭这爱的法则
我爱你，一朵玫瑰和一万朵玫瑰
贯通的灵魂
高踞着那些色彩
是我每天的梦呓
我要那样的不可一世的虚无
秋天通向了春天
不会枯萎的玫瑰在无尽的旷世中
去记录它，也是去呈现我
玫瑰的圣词如我爱你的无数次表达

卵石

它们光滑、圆润，石头的纹理默察着光
我从海水中捞出它们
一如它们丢失了大海的风浪
它们不再被事物撞击，也不会撞击事物
我把它们摆在书架上了
它们坚硬的内部有什么样的隐秘
看不到也听不到
如果我让它们互相撞击
清脆尖锐的声响
正应和着我的某种孤独
它们曾经是什么样形状的石头呢
时间消损着它们的坚硬
它们都在各自的秩序中保持着一种对抗
当我的疑问像一个浪头
似乎它们也会被海水卷动着无处可寻了
只是现在我又把它们摆在了书架上
寂静之中它们也会充当一个个小小的迷宫
它们的不同侧面都在展示着一个世界
只是我窥探不出任何内容
我让它们着落在诗句当中
宏大或渺小都可以发声或替我发声

暴雨

贴着夜的漆黑，雨点垂落如深渊
它暴涨着一只狮子的野性
只是我诗歌中豢养的小兽它蜷缩着，像一个无辜者
在寻找庇护。世界在发生着什么
什么又正在发生，雨水冲洗了夜色的腐朽
似乎夜色在夜色中摇晃
我在一张白纸上找到的空旷装下闪电
也装下雷霆
你不会确定一场雨淋湿的除了时间还会有多少悲伤
父亲已经从前年的六月沿着一场小雨消失了
如果一些雷声惊醒了我对他的陌生
如果六月又要让我想起那些痛哭流涕
这个夜晚要失眠在雨水的汪洋中
雨的狂想曲，它击打着一切沉默之物
听着那些声音它又像在击打着身体的某些隐秘
像爱像恨都要浮出水面
像一些沉浮有了水的波浪
雷声更大的时候，世界都在那些轰鸣中
自我分裂，而我只是一个不同的我
确认于那些面孔，弱者和弱者之间我都遗忘了我
又重塑了我
很多时候我愿意和我的小兽抱着一片月光睡眠

月光取舍了暴雨

我只留用那些可以轻易塌陷的朦胧

父亲没有离开

而六月也只用兑换着火焰和火焰之心

芒种

热浪吹过的大地，一些事物从春天早已立传
铁器翻动着故乡的气息，飞鸟移动着故乡的山水
我想去相信一些梦，大地上站立的人群中有我的父亲
也有我的祖父
如果用眼泪去对峙六月的苍白
一些疼也落下了种子
我想只让它成为我的诗句，悲伤在悲伤中
当我转过那些疼，我会在阳台上撒下一些满天星花种
氤氲于那些闪烁
我用一种等待，等待着
六月的热潮会在大海的底盘交涉着命运
我在看不到的低处祈祷着所有的光
看不到的种子在繁衍，天空的星座一条鱼和我共同
抵达大海的语境
所有的未知也是大海的苍茫
好吧，这一天我理顺了一些疼，又凝视了一些爱
贯通于它们的无形
它们都属于种子的部分
时空沧海
无限于无限的生长

假山

去顺应那些陡峭必须与命运对抗

时间的侧面都是阴影

但它也是光的存在形式，我们内心能安放的

真实和虚无都可以无限大

假山也是山，它在催动着石头的力量

挺立于时间的正面

呼应于山水的高远

光阴的线条也朦胧可见

定义那些回响，鸟儿飞过山尖

风吹着过往，什么样的柔软正在

与一座山的坚硬对碰呢

是山花的烂漫

还是我们深藏的爱意

不愿意暴露的都匿藏在山体的缝隙中

大地的风物被时间切割

也被时间垂问

我们能挽留的是一座山，趋向那些坚硬只剩下

柔软，人间的细微在山水之内

也在山水之外

玉兰花

时间丰饶为一场白
硕大的花朵可以将一颗心隐喻
但怒放是必定的。激狂也像一场震颤
旋涡由风中开启，一朵花掩藏着悲欢
花朵爆燃向现实
我有死去的父亲，他不再于人世间走动
他看不到的事物都留在人间
春天的风暴转过它的墓碑
它的名字肃穆在最深的伤痛中
还会有更多的花朵向着春天的高处缭绕
颠簸着的心境
有时是疼，有时是无奈
父亲可以从此不提，春天早已与他无关
我写下春天悲伤的诗
花朵还在凋零
而我的悲伤还是在原处
被树叶围拢

子夜

如果忙碌一定要披星戴月

打更的人也会带着睡意

你在那醒着，事无巨细在一张纸上

时间的河流在虚无中流动

你可以忽略它

或者不去审视一个钟表的指向

天空是黑夜的部分，你在带着光走向黎明

我不想再唱赞歌，丁香的气息飘浮在每个纬度

如果你孤独花香可以释然于你

如果你疲惫花香也可以抚慰于你

倾倒向春天的一边

滞留于黑夜的深处似乎没有别的事物

纸上的行走，你也在开辟道路

你走动在夜的边缘

大海的波浪混响着夜的寂静

往事被浮起，也被淹没。但理想和信仰

都在头顶

如整个星空

桑葚帖

你没有看到桑葚在什么时候开花，但已结果
雏形和深渊都在时间中
它们很小
可以只是最小的形式
零星如一个点，但是梦可以以此扩大
我们知道春天的野性生长
贯穿在所有的事物中
胸口上有江水滔滔，也有马匹奔腾
春天布施着所有的可能
无可抵挡也在一同到来
一粒桑葚的火种在等候所有的甘甜
火焰中有升腾的太阳
时间暴烈的光
都在肉眼之中，怅然那些光芒
在微小的枝叶上找到的果实和真理不用任何验证
仿佛吞咽一个黄昏的辉煌
搁浅的雨水重新回到河流
奔赴的命运有了苍穹
缩小和放大的天空都在我们的
胸口上

时间的深渊
在一切的热爱之中

流苏开了

爆燃的花朵胜过一场雪
时间流动在花香之中
无限的花朵将美意推向无限之中
事物之内有什么也在毗连向那些洁白
或者得以粉刷
渲染过的词条
都如一首诗。深渊在它的虚像中
而我们用生活的镜子在真实映照
你熟悉那里的一切
一棵树也在重复自我的秩序
热烈向春天的高处
燃烧的大火在等候一场雨
熄灭是我们深藏的孤独也在与之取缔
花朵缜密于枝条
叠加的白站立在思想的苍穹
与一株流苏平行
垂落的时辰总是带着大地的影子
流苏在怒放也会凋零
我们以爱滞留在那些变幻中

丁香花

幽香不再是事物的表象

它正包围着一个胡同

一株丁香孤立着雪的热烈

也像古老的瓷器在时间上打开

枝叶

风能带走的也在留下

花朵的繁密和稀疏似乎并不重要

微小的花朵也在庞大之中

白色的烈燃深入万物的内部

暗记从自身涂抹

刀口也像花朵的雏形

我们会在那些柔软中找到时间的创伤

花香扑向命运的深处，会有失败的眼泪

也会有重获的翅膀

春天悬浮着无限的词条

一株丁香在无声中招引

站在树下的我们究竟拿走了一些什么

又交出了一些什么

没有答案的时候，寂静成为时间的

深渊

而花香统筹了一切

东方白鹳与你

进入它们的时空
你一定找到了灵魂。思想贴近它们的
自由。每一只都可以替你完成一次
高处的飞翔，低处的匍匐
无边的湿地潮湿着自由之心
我们想用欲望去扩张着永恒
也让每一个瞬息都能留下来
它们有黑白的羽毛，昼夜的色彩它们在走向
世间的公正
平衡在时间的两端
好像只需要这两种颜色便可以区分
世界
入海口好像只属于它们
太阳升起又沉落，沉落又升起
历史汇流向大海的遥远，而它们一直都在
你可以用潮湿的心拥紧它们
湿地也在两块肋骨之间，呼唤它们它们便飞来
它们还是一直都用羽毛和你保持着爱的对等
柔软在世事间

石楠花开

盛行之中，它是自我的天空
沿着花朵就能走向秋天
繁密是最初的形式，无法细数有多少个花朵
也无法细数有多少个果实
缭绕向时间的仿佛是它的不解之谜
只是我们不急于破解它的任何部分
你看到花朵的怒放如寂静的风暴
从瞬间席卷
驱动着花朵的力量也是火的燃烧
激情的追赶我们仿佛追不上它
写下的诗句无法抵达它的完美
旋涡和碎片在创造虚无之美
广义之中它也在走向万物之中
花香隐现了它的药性
谁在那些嗅觉中重申谁就离它的果实
更近了一步
因为懂得了草木的立场
我们用诗句放大着它的完整
极力去涵盖它的色彩和那些无声的隐忍
剖析着自然辞藻

鸟巢

石头的火焰在风中消失

冬天有苍白的证词，一只鸟巢似乎打破了

一切。你看到的暖意从风中来

围裹于人世的单薄

好像冬天不会有苍凉之水

踩在冰层上的脚也会有了羽毛的位置

火的辞藻如一根柴草垒起的高墙

跳跃于风的道路

砂砾在风中席卷

一处鸟巢恣意的安宁也将世事放低

你没有看到鸟儿飞来

它放空的家园是夜色中的驿站

归来再归去

安顿于人间

岩浆溶解着铁蹄，火热的对证

退却的冰雪，我们将一颗心暴烈着火

触及着一场风寒。用那高处的屋顶

庇护命运

肩膀上的星辰也像大海

星光闪烁

移动的光像星体
夜的深处也像低处
我们的孤独似乎一直跟着那些光
夜隐藏了所有的经验，我们只凭靠直觉
来辨认这个世界，飞机前行
如星火的流动，夜的气流
也在推动着真理。闪烁的光淹没着更多的
虚实，我们可以不寻求任何答案
过滤着繁复，只要那些光
或微光
闪动的词条都是星辰和大海的浩瀚
事物之中构架的坚硬可以省略
我们只看到部分的亮点
闪烁其词就足以
一架飞机在夜色中穿行，也像星际的苍穹
离我们越来越远
又在时时靠岸
心灵之中的依托
广袤于心的也在缩小于心
但我们从不会远离那些光芒

湖水结冰了

时间的凉意有了形态，湖水在低处温热
如果起风的声响不曾振动它
似乎它就要安静在冬天这匍匐的表述中
好像发亮的事物都在发光
水结成了冰，凝结着一个词的
不同含义

越过层面去理解一块冰，带着矛盾
冰层碎裂时
时间的每一个断面一样可以惊喜着
一些什么
从水到冰，再从冰到水，被流动带入的
这世间最简单的色彩
只是我一再坚定那样的光亮
水的言辞或冰的构筑
都为我虚无为一张时间的稿纸

湖水扩张着天空，天空氤氲着
茫茫的辽阔
我在借助这个早晨确定着
远方之远
一块冰也会在心境之中，镜子一样
打通我还不知晓的更多的不确定

漆黑或等待

穿过黑色的屋宇，我是自己的黑影

黑色的塌陷

羽毛和词语都沿着爱飞翔

穿过他乡的陌生

叠加了爱的意义，烈风渲染了声嘶力竭的

喘息

我站着，我躺着，彻悟着疼

以及血肉深层的撕扯

屋顶和世界统一于黑

光线只是提取着忧伤

那么一直黑着。咬向自我的灵魂

孤立于他乡之中

黑夜到来时，吞并着所有的黑

漆黑一团

混同了夜的苍凉

身体中藏着的火焰要扑向爱的

高处

黑色的礼赞

风暴般席卷

我把一个下午都用爱命名

并贴着夜晚说深爱

湖水入门

孤立于历史的一块镜子

好像什么都不能打碎它

世间的罪行它也不会暴露出什么

静到寂静

割舍了疼感

以及所受的暴虐

尘埃被湖水擦拭已久，你无论如何也看不到荒凉

也不可以疑惑它的存在或不存在的事物

当我走到它的面前的时候

我已经遗忘了我

像它们重新给了我一个面孔

让一些水流向身体的空

像一种承受也像一种接纳

如果历史洞穿那个旧我

给我满目疮痍

我已经没有眼泪可以示人

在湖水的广阔中

大地缝合了一个新我

只是我一定要回头看那些历史

还原到它的辉煌之中

蜡梅花香

浮动着暗流
颠覆了什么样的时间呢
过去还是未来，还是此刻
微醺的醉意让语言无用，无从去表达
或是赞美
我只是随意去接纳花朵的点燃
好像感官被宠爱在那些密语之中
我只能应对一些柔和的事物
粗糙于生活的棱角我一再地避让；
花蕊透亮着光
事物内部的一些隐秘都在打开
动容于那些光泽
分不清哪一朵胜过哪一朵
缜密着微光的闪烁
我分不清我更爱那些花朵还是花香
还是那些还没有长出的叶子
内心被安抚
寂寥的风声有了火焰的形式
它们会催眠于我，睡去再醒来
我对世界抱着的只是更为幽深的爱
或者它们又为我怒放了新的
恬谧

燕子山庄的夜

蝉声压低了尘世，你似乎无法判断光阴
在哪
或在哪个朝代
一座山的旋涡在笼罩，也在吞噬
灯火的微光看不清山水
如果一个夜晚用来醒着灵魂，我必须整夜醒着

醒在了那些叫声中，去判断一只蛐蛐的方向
还有许多只蛐蛐的方向
而蝉又笼统了他乡的真实。我为此又被牵连到故乡的
山水中
我哭泣着死去的父亲
还有二叔。他们割舍的故园
有了蝉鸣，也有了蛐蛐

一直都在鸣叫，无法睡去，也无法深睡
燕子山没有打更的人，也没有可以查看的历史
打开灯盏和世界对话
又无话可说
我可以隐匿着身份，隐姓埋名

悲喜之间，我流泪着
疑惑人间的寒凉

夜的大明湖

微醺于灯火，一个人似乎轻易就回到了
清朝或民国
没有声音的行走，流水静过了呼吸
又仿佛停止生长
我不知道自己从哪里来，又到哪里去
空空的心如萤火在飞
爱和动容在隔朝隔代中有了重量
只是千年的风吹也是静的

被那些爱和历史溢满胸襟，内心敞开一片湖水
也倒映着千佛山
万物在这里被赋予了一个词牌名
站在那些古老的建筑旁拍照，叙述着的事物
都引退着爱

如果我的打探是轻声的，历史的回旋我又能抱紧什么
柳枝还是荷花，荣光还是落败
它的经历都会被我用灵魂阅读
如果一首诗也轻过了灯火，那些微光是我把这里爱过
笼统地爱过
又不知道如何才算深爱着
只是我本能地站在那些古桥上
等一个人为我归来

燕子山的鸟鸣

好像一种引领，布谷，布谷
打通着世界的黑白
那是天亮之后的晨唱。看不到它们的样子
无形之中它们有如神一样存在
还有更多随之而来的鸣叫，比如喜鹊
只是我仅能叫出这些名字，判断着它的嗓音
并沿着那些声音给它们安放上最光亮的羽毛
好像我也在向着它们迁徙而来
为了某种期盼
世界之内只有爱可以让我卑微
也只有爱可以让我高贵
在这里我和一只鸟的距离
似乎为零
祈祷着那些未知
也用语言发声，爱和恨我都送出去
我想迎着那些鸟，把那些舒缓都契合于血液
爱融进羽毛
我不怕尘世任何的惊恐
我只为爱而飞
它们也是
向着早晨宣告着什么
什么都可以替我成为最高贵的姿态
亦可以成为最低语的形式

看菖蒲

轻如灵魂的叶子，仿佛可以成为谁的灵魂

如果一片菖蒲能把我带入故乡

我的心也回到那

如果一片菖蒲用绿意洗刷了思想

如果它让我遗忘了什么

我就顺从于它，也倾覆于微风

不去背负着重量

也不去背负着生活的粗糙

只细微于这些柔软

抱着一颗诗心

它们在风吹草动中让我觉得灵魂的存在

我只是一再没有送出去

贴着的爱我好像伸手可及

又无法抵达

如果我站在菖蒲的苍茫中，想落泪，想哭泣

虚无的事物便都有了真身

我爱的本就是这么多

灵魂和轻风一样地被我一同想交出

那么，我在这片菖蒲中虚度着一个下午

也虚设着一个他

去迎合我梦中的某年某月某日

夜行

别无选择，又在选择，一个夜的漆黑
我用孤独背负着
平行于大地的爱和惊恐似乎一样的多
在车上，对流着人间的冷暖，我能看到远处
微弱的灯火
漆黑和消失的事物混同在一起
所以我无法认得经过的村庄
以及黑夜中高耸的墓地
草叶上滴落的柔软
也无法关乎这个世界
仅有的爱都在心尖上隐秘着
好吧，我要告诉他我去了更黑的永夜之中
蝙蝠会出没在大地和原野
只是我看不到
我能看到的只有我自己，对弈的面孔，左手
握住右手还有爱
依附在所有的安稳中
也会在这茫茫漆黑中睡着
忽略了人间的得失
忽略古老大地上的输赢
我又像一个放牧灵魂的人
被黑夜呈现着

春分

春天的枝头有了骨朵，昼夜平分着冷暖
春天的物象都安静在一片绿意之中
故乡和别处的故乡似乎是一样的
没有什么可以分辨的模糊
远处有突兀的墓碑，我的父亲在两年前已死去
看到那些沉重的碑文，一如想起父亲时的悲伤
春分已到，但他不再会为春天准备什么了
或许还有一直奔走的他的灵魂

原野之上还有他耕种过的土地
苹果树才开始抽出绿芽
大地松软着过去的时辰
一些虫子从泥土中醒来
它们去确认着春天的来到

乡亲们重复着父辈的劳作
农具在泥土中擦去生锈的时间
高过梦的天空，他们在生息之中把故乡抱紧
所有的收获从春天开始寄托

藿香

永续于时间的是它们的生长
和一直生长，种子归于泥土
种子归于时间
葱茏的枝叶招展的夏风，我们也在重申那些
自由和虚无的界限，时间被它们定义
秋天似乎不远
花朵焚燃着紫色，黯然于光的事物在它们的身后
时间的暗流是流水的部分
我们需要花朵的映衬来获取现实的沸腾
当夏日滚烫在它的叶子上
也像爱的指控
惊醒于世事，明目着一双瞳孔中
人间的解药是它的每一个枝节
打通着我们
好像光明的引领省略了那些伟大的词义
一片藿香无限于大地
对称于苍穹的茫茫
它也有无限的慈悲

韭菜入门

重返的柔光一片绿意

割裂的痛永远在它的重生之中

刀口也像新的黎明

取之不尽的叶子是它们将时间梳理

在每一个时辰

人间的造物都有它的神秘性，我们不去致以那些

顺手可得时，也在腾开一片菜畦从内心躬耕

排列着几何的数列和隐形的根

你去低头劳作，也在匍匐向那些低处的思想

错落有致的它们总是可以赢得

那些葳蕤

时间从没有荒谬，只有越过想象的空间

建立着新秩序

诞生和收割是隐忍于它们的爱的法则

世间的事物永远是用爱在衡量

我们得道在一片韭菜的哲学上

有了宏阔的天空

当一片菜畦用爱平行

我们也谦卑在万物之中

花椒树帖

隆起的果实是时间的自然之物

荆棘隐现枝条我们也在避让所有的

尖锐

可以对那些表象的尖刻避而不谈

刺尖带着风浪

但生长的秩序从来都是有条不紊

我们知道柔软在它的外部重组

浮动着火焰

叶子上的微光翩然了命运的锯齿

去遵从那些燃烧与火辣

提取所有的惊觉在夏天的光照间和万物

秘而不宣

你去发觉它的果实的微小或缓慢地膨大

缩小的视界将万事紧缩

我们也可以只爱眼前的事物

可以只为那些惊醒而来的梦而事事醒着

你想起祖父、祖母他们在花椒树下

来回走动

也摘取一些花椒叶子食用

生活只是围绕着一棵花椒树的

一年四季

光照过来

可以忽略那些准确的时辰

光照过来，暖意随之而来

事物可以留下彼此的影子

你去关照内心，倏然于那些暖

也像舞动着时间的蜂房

嗡嗡作响的只有欢喜，冬天有迟钝的警觉

也麻木于万物的冷意

惯常于孤独似乎一直孤独

人群在冬天绕行

虚脱于一张纸，又无话可言

你看到的冰川揭示了冬天的语境

好像无力可击

冷到一种绝境。眼前光似乎可以覆盖冬天的

苍白，对比于那些冷峻

仿佛冰点在看不见的低处

悄然地融解或消失

一片阳光布冀于血液的忧郁

一些痛可以遗忘。你伸出的双手

也在触摸着春天

月亮

物象和具象钩沉的夜在扩写着孤独
明暗之间退无可退
它升起的时空错觉了一个白银时代
我似乎只为它的光
徒劳于爱
没有雪的他乡，月光像唯一的白，辩证了
黑夜的漆黑
我在等一场大雪，吻合着茨维塔耶娃的一百年
以后
和一百年之前
那些点燃的光
还有那时的冷站立着刀锋
是她戳向那个时代的疼
或许只是我错觉了一次她的世界
回归于本原，他乡没有雪的隐喻
也没有雪的预告
只有月亮的白
营造着虚无
和虚无本身
只是没有谁可以挣扎于它
在耀眼和不耀眼之间
它一定归属着一种自我的明亮
或不可忽视的抵御

看到一只喜鹊

它在自我中行走，没有声音
似乎也没有重量
只是一种轻
好像我也不会惊动于它
但是它在某种意义中又在与我互通着
它向我走来时好像走向我身体中
那空旷的寂寥
它一会儿又飞了起来，依然没有声音地展翅
但又在划过我的软肋
好像它抽走了一些什么
让我觉得疼过的时间又在回流
我想起故乡的父亲
恍若之间我不确定他到底是活着
还是死去了
一只喜鹊属于他乡的安宁
与我的父亲遥远在不同的时空
只是我还是要借助于它
寻找一点什么
缺失的事物
可以静到没有声音地
搜刮我或安慰我

无花果树

花朵掩藏在内部，深处的甘甜
使我们相信时间的深渊
光的序列营造着影子，太阳附加了事物
的意义。你看到它的存在
不只是一棵树。时间的穹庐支撑着每一片
叶子，寰宇也在此
高处的天空似乎我们伸手可及
繁茂的枝叶也会掩盖内心
我们不说出悲喜
果实归入了秩序，我们学会了等待和隐忍
风吹的枝叶在我们的身体中摇晃
时间在大片地到来
也会大片地消失，季节在枝叶上成立
或颠簸
回到一棵树的空无
都是生命的立场，时间在一棵树上
周而复始地循环
我们走向夏日也在通向春天
拥有和抵达总是在同时进行

山楂树

花朵的推断让事物趋向了洁白

时间的酸甜在时间中酝酿

你看到的花朵都是果实，果实出之于花朵

归入其中的还有我们热切的渴求

爱让一切不会守口如瓶

我们抱着火焰般的赞美词

为一棵树抒情

太阳验证着一切的成熟，落日滚烫

果实落向它的完美主义

老虎的蹄印迎向秋日

加深的色彩一如世事走出的困境

颠覆了另一次命运

果实在枝头酿酒，醉意无尽

我们索取一个秋天，也在建立一个

时空的圆满

为一些事用爱赌注，酸甜和苦涩都在血肉中

饱尝人世

芭蕉花

花朵的颠覆是一个宋朝，回到宋词的天空
你看到流水的倒影如此婉约
烈日混同着花朵在燃烧，我们不会抗拒的热潮
总是可以随时掀起
芭蕉走向内心时，我们也是宋朝的人
可以虚度在一片叶子上，也在山水中随遇而安

芭蕉叶下有走动的光阴，宋朝在叶子上辗转
马蹄踏过的驿站，雨中歇息的人也在听雨
古老的慰藉雨越过了心灵
一片芭蕉叶有了历史的空间
你看到的不仅是现在，也是过去

历史的关隘我们仿佛只愿记住那些柔软
一片芭蕉叶下潜着烽火台的狼烟。花朵熄灭了惊恐
我们活在花朵的庇护中
为一些爱而毗连另一些爱
历史的辞藻可以只是叶子和花，葱茏之中
时间如初

香樟树

风吹不动沧桑，它没有沧桑
叶子如新
光亮乃最好的证词，我与它们相遇
藏不住自身的暗淡
靠近也是幸福的一种。草木的气息在冬天
更为清晰。我的呼吸也是我的交换
在他乡的孤行我穿过一片香樟树
树叶重述光明与不同的光明
正反在叶子的两面
树干上有隐喻的章节
风吹的长调是我将要写出的诗
在他乡万物与我陌生又熟悉
一棵树的影子下有我
我爱上的一定是向上的事物
树叶的绿洲一片汪洋
一棵树开合了一片世界

沿阶草

柔软如风的吹袭，凌乱的事物也会各自
理顺
接过自然的源头，花朵通向种子
落寞回归欢心。我在一丛草叶上
找到了世事斑斓
平铺直叙的语言不必隐藏深意
我的爱可以与恨一样多
大海的漩涡带着险境
平静如流水没有声响
一丛石阶草在抗击所有的荒诞不经
时间中有荒漠
我在这个冬天偏离了自我。又回到自我
他乡的去处是我与一片草叶
互为镜子
立意不高时，我站在低处以诗为歌

银杏叶

灿烂反击着苍白

叶子写下史诗

烈焰挺身向一场霜中

时间保留了万物的底盘，我们爱上一片叶子

也可以一叶障目

趋向更多的所求之事，只为某种意义

一棵树的叶子无穷，丰饶在此

时间中的簇拥光是最好的形式

我偏向的道路在形而上学

叶子隶属了草木的辞章

我想写的诗无非是一棵树的全部

时间的踪迹都在

璀璨的句式都是自然之物

我在一棵树下返璞归真忘记世间更多的浮华

光普及了立场

叶子的空间向着心灵之所

有了远方

风所能惊醒的热爱更多

芡实

没有风
万事似乎静止在它的叶子上
也没有什么能惊动于我
水上的静谧我将心送出
每一片叶子都在托起一片天空
与时间握手言欢
叶子轻托着思想
放空了一切的身外之物
轻放在水上的都不是沉重之物
我释怀了怀抱的苦果
湖水之上一片芡实的空间大于所有的过往之事
风中的静与安宁
让孤独没有局限
在这个冬天我看到的都是我得到的
一片芡实
一片湖水
虚无与现实我选择所有的寂静之物

棉花枝

棉桃有白色的深渊
柔软没有底线。我们背负着一些执念一直都在
云朵在变幻形式
光的缭绕没有拘谨
棉花蓬松向世间
爱永远不是空白之物
一朵花没有新旧。平原上有雪也有棉花
古老的引子庇护苍生
庞大的修辞由棉花堆积
祖父也曾扛着一垛棉花谋生
世间我们的所爱之物柔软在一朵棉花上
大自然的礼教我们也在知恩图报
我们在一朵棉桃上找到家园
草木的生息与所有的人有关
与所有的亲人也有关

八角金牌

与之呼应的应是澎湃的事物
我失衡的身体，在每一片叶子上
找到温良
草木营造了希望，我相信愿力
光涌起在内心
冬天不会苍白
每一片叶子都在与冬天反衬
绿意扩张了它本身的狂热
四季如春的生命力朝向我的世界
大海的浪头每一次都在向着热爱诞生
我反扑向所爱之物
万物可依时也与万物同在
心灵依附在更多的境地
风吹的荒诞可以是荒诞不经
立场与思想的挖掘我在靠近
万物与自身
懂得的和还没有懂得的都在瞬间获取

构树

花朵也是种子

我们从不缺失爱意

也把困惑交给自然

一棵树的空间给以世人的都在打开

叶子柔顺了情绪，平和的心也是一片叶子

宽慰了的事物也如新生的事物

草木的哲学也让问题迎刃而解

一棵树清晰了不同的命题

我知道一些苦果要学会忍受

爱在更深的纹理中延伸，树皮上的沧桑

写下卷宗

我们的经历都在。古老的蕴藉

藏有一棵树的神秘

气息里的药性如一场救赎

我爱上的不能自拔

也无须摆脱。自然之物正如心灵

之物